So perfekt Unperfekt

Für Theresa,
viel Spaß mit
Deinen neuen Aufgaben
wünscht Dir,
Katrin
(McClean)
Eisenach, 29.4.2024

Herausgeber und Copyright:
RC Buchholz

Erschienen in der Reihe:
Fantastische Teens bei Scoventa
www.scoventa.de

Layout und Covergestaltung:
Anja Fuchs
www.anjafuchs.com
Lektorat:
Katrin McClean
Druck:
CPI direct
Papier:
90g Werkdruck holzfrei
Schrift:
Valerie, Stempel Garamond

ISBN: 978-3-942073-34-9

So perfekt unperfekt

Kurzgeschichten von Schülern aus Buchholz

Inhaltsverzeichnis

Rotarisches Grußwort 7
Vorwort 9

Von Magie und Schmetterlingsdrachen 11

Jan Vincent Grundt – Der Magier vom Düsterwald 13
Liesa Zacharias – Gefangen im Troll-Land 19
Paul Paulsen – Groß, klein und lang 37
Aylin Wingenroth – Hamster Hugo 43
Michelle Klatt – Die Eisprinzessin 49

In unseren Strassen und Klassenräumen 69

Tabea Köttner – Der Blobbel 71
Roxana Olympia Seehof – In unseren Straßen 95
Marie Lumeau – So perfekt unperfekt 117
Katharina Schöttke – Schicksalsschwestern 131

Danksagung 149

Rotarisches Grusswort

Lieber Leser,

vor Ihnen liegt ein Buch voller Kurzgeschichten, die Schüler aus Buchholzer Schulen geschrieben haben. Jugendliche im Alter zwischen 12 und 16 Jahren haben fünf Tage an einem Kurs für junge Schreibinteressierte teilgenommen, den der Rotary Club Buchholz veranstaltet hat. Das Talent, gut zu schreiben, gut mit der deutschen Sprache umgehen zu können, ist von besonderer Wichtigkeit, nicht nur im Berufsleben, sondern in unserem gesamten Alltag. Das Schreiben und Lesen übt unser Denken und damit unsere Entwicklung, es kann in seiner Bedeutung gar nicht überschätzt werden. Und dennoch: Fast alle anderen Fertigkeiten wie das Musizieren, das Malen oder gar der Sport stehen ganz anders im Fokus der Öffentlichkeit als das Schreiben. Auch deshalb wollen wir, der Rotary Club Buchholz, uns an dieser Stelle engagieren und freuen uns sehr über die positive Resonanz.

Ihnen, lieber Leser, wünschen wir viel Vergnügen bei diesem ersten Ergebnis. Es soll nicht das letzte sein.

Heute daher in Freude und Vorfreude

Adriane Rutz, Präsidentin 2015 des Rotary Club Buchholz

Vorwort

Perfekt unperfekte AutorInnen

Als die Initiative „Fantastische Teens - die Schreibwerkstatt für Jugendliche“ und der Rotary Club Buchholz sich Ende 2014 zu einer Zusammenarbeit entschieden, war die Spannung auf beiden Seiten groß. Würde die Schreibwerkstatt, die bis dahin nur in der Großstadt Hamburg organisiert wurde, bei Buchholzer Jugendlichen Anklang finden?

Man ließ es auf einen Versuch ankommen, warb in allen Schulen, die es in Buchholz gibt, für das Projekt, und erntete erstaunliche Resonanz. Binnen Kurzem gab es mehr als doppelt so viele Bewerbungen wie vorhandene Teilnehmerplätze.

Nach dem Prinzip, wer zuerst kommt, schreibt zuerst, wurden die ersten zehn Anmelder eingeladen, wovon schließlich neun an der Werkstatt teilnahmen. Aufgrund der offenen Ausschreibung ergab es sich, dass hier ein Inklusionsprojekt stattfand, für die „Fantastischen Teens“ ein Novum in ihrer nunmehr sechsjährigen Geschichte.

Neben hochbegabten Abiturientinnen, nahmen drei FörderschülerInnen teil. Meine bisherige Erfahrung, dass Sprachgefühl und Erzähltalent noch einmal etwas ganz anderes sind als gute Deutschnoten, hat sich wieder einmal bestätigt. Alle TeilnehmerInnen setzten meine Impulse und Tipps auf ihre ganz besondere Weise um.

Unter dem Werkstatt-Motto „Helden, die noch niemand kennt“, überlegten die jungen AutorInnen gemeinsam, was einen Helden eigentlich ausmacht. Wann braucht ein Mensch wirklich Mut? Wofür muss man sich am meisten überwinden?

Und, ganz wichtig, was braucht ein Held, um ein Held zu sein? Und das sind – natürlich – Freunde.

Eine Erkenntnis, die im Laufe der Werkstatt zur greifbaren Realität wurde. Je intensiver die jungen AutorInnen an ihren Geschichten arbeiteten, umso enger und vertrauter wurde das Gemeinschaftserlebnis in den Schreibpausen. Dazu trugen auch die feedback Runden bei, die zu jeder Schreibwerkstatt gehören. Mit großer Neugier hörten bzw. lasen die TeilnehmerInnen die Texte der jeweils anderen, gaben sich Hinweise und halfen sich bei der Ideenfindung.

Faszinierend fand ich die enorm große Offenheit, Toleranz und Zugewandtheit, mit der ein frisch geschriebener Text von dieser jungen Autorengruppe aufgenommen wurde. Hier konnte sich jeder mit seinen ganz eigenen Voraussetzungen und Besonderheiten akzeptiert fühlen.

Eine Geschichte auf einen Höhepunkt zu treiben und dann ein Ende zu finden, das möglichst auch noch überraschend, pointiert oder philosophisch sein soll, das ist für sich schon eine künstlerische Heldentat. Das Glück, diese Herausforderung bewältigt zu haben, konnte man den jungen AutorInnen ansehen, als sie am letzten Tag am Ort der Schreibwerkstatt, der Stadtbücherei Buchholz, ihre Texte vorstellten.

Natürlich ist die erste Geschichte eines jugendlichen Autors keine perfekte Literatur. Aber gerade eine Sprache, der man anmerkt, dass sie noch im Wachsen und Werden ist, hat ihren ganz besonderen Reiz, und wirkt, so wie es eine der Autorinnen in ihrem Text beschreibt, eben perfekt unperfekt.

Den Leser dieses Buches erwartet eine spannende Begegnung mit der Fantasie jugendlicher Autoren. Herzlich willkommen!

Katrin McClean, Juni 2015

Von Magie und Schmetterlingsdrachen

Jan Vincent Grundt (12)

Der Magier vom Düsterwald

1

Eines Tages lief ein 12 Jahre alter Junge namens Jeremy in den Düsterwald in New County. Seine Eltern hatten ihm verboten, dorthin zugehen, aber er war sehr traurig gewesen, denn in der Schule ärgerten ihn die Schüler jeden Tag, obwohl er ihnen gar nichts getan hatte. Als er im Wald war, verlief er sich. Plötzlich stand er vor einem riesigen Baum. Es musste der Baum sein, der den ganzen Wald leben ließ. Ein riesiger Vogel wollte die Kernenergie des Baumes stehlen, wodurch der ganze Wald gestorben wäre. Jeremy hatte das in der Schule gelernt. Er hatte auch gelernt, dass Kernenergie ein Kristall ist, der nur in riesigen Bäumen in Wäldern zu finden ist, und dass sie flüssig durch die Wurzeln in jeden Baum gelangt und ihm so seine Energie gibt. Der Vogel wollte sich die Kernenergie aus dem Stamm des riesigen Baumes holen. Jeremy konnte das nicht zulassen. Er warf dem Vogel einen Stein gegen den Kopf. Da flog der Vogel verwirrt davon.

Plötzlich sprach der Baum: „Ich bin der Geisterbaum. Danke, dass du mich vor Kuro dem Vogel gerettet hast. Er mag keine Wälder, deswegen versucht er, alle Geisterbäume zu zerstören. Der Wald verdankt dir sein Überleben." Jeremy schaute den Geisterbaum verdutzt an. Da fragte der Geisterbaum: „Willst du, Jeremy, den Wald verteidigen?"

Jeremy sagte zaghaft: „Ja."

Da sagte der Geisterbaum: „Ok, ich werde dir jetzt Zauberkräfte geben, damit du uns beschützen kannst."

Als der Geisterbaum zu Ende gesprochen hatte, rieselte ein Regen aus kleinen blauen Sternchen auf Jeremy herab. Jetzt war Jeremy also ein Magier. Da sagte der Geisterbaum: „Von nun an musst du für immer hier im Wald leben. Und übrigens, der Wald ist ein Zeitloch, also wirst du nicht älter. Durch deine Magie wirst du auch außerhalb des Waldes nicht älter."

Hier begann Jeremys Abenteuer.

2

Jeremy durchstreifte gerade den Düsterwald, da sah er einen kleinen hellblauen Lichtball, der Flügel hatte. Der Lichtball hing in einem Spinnennetz fest und schrie um Hilfe. Jeremy hatte dem Geisterbaum versprochen, den Wald und alle Lebewesen darin zu beschützen. Also zerriss er das Spinnennetz, und der Lichtball war frei.

Da sagte der Lichtball: „Danke, dass du mich gerettet hast. Ich bin Lulu eine Fee, ich konnte mich als einzige retten. Kuro der große Vogel hat alle Feen außer mir gestohlen und in sein Nest im Feenland verschleppt."

Jeremy konnte sich noch gut an Kuro erinnern. Aber von einem Feenland hatte er noch nie gehört. „Feenland?" sagte er so als wäre die Fee verrückt.

Die Fee antwortete: „Kennst du es nicht? Es ist auf der anderen Seite des Waldes."

„Dort ist nichts", sagte Jeremy mit Nachdruck.

„Wohl", zischte Lulu.

„Ich bin schon einmal um den ganzen Wald herum gelaufen, er ist viel zu klein für eine andere Welt", sagte Jeremy generv t.

„Törichter Junge, der Wald sieht von außen klein aus, aber innen ist er unendlich groß. Hast du noch nie das alte Sprichwort gehört: Von außen klein, von innen groß?“, fragte Lulu. Dann sagte sie: „Nun, willst du die Feen befreien, ich würde dir auch helfen?“

Jeremy hätte lieber nein gesagt, aber er musste helfen, er hatte es dem Baum versprochen. Also folgte er Lulu ins Feenland.

3

Jeremy und Lulu blieben stehen, er fragte sie: “Du weißt doch wie der Weg ist, oder?“

„Ja natürlich, hier irgendwo.. äh da“, antwortete sie leise.

„Du zeigst auf einen Stein“, sagte Jeremy genervt.

„Ups, ok ich weiß den Weg nicht mehr. Zufrieden?“
Jeremy war schockiert, dann sagte Lulu leise: „Wir müssen einen abgestorbenen Baum finden.“

Zum Glück wusste Jeremy wo dieser Baum stand und er und Lulu gingen dorthin.

„Was jetzt?“, fragte Jeremy.

„Ich mach das schon“, sagte Lulu. Sie berührte die Äste am Baum in einer bestimmten Reihenfolge, dann leuchtete der Baum auf und im nächsten Moment waren sie in das Feenland teleportiert worden. Lulu und Jeremy teleportierten sich mit Jeremys Teleportzauber zu Kurus Nest. Komischerweise waren alle gefangenen Feen in Flaschen aus Kristall gefangen. Jeremy öffnete eine Flasche und eine grüne Fee kam heraus.

Lulu schrie: “Lilli, juhu du bist frei!“

Lilli schrie: „Das ist eine Falle, lauf, lauf!“
In diesem Moment landete Kuro mit Erdbeeren in seinem

Nest. Da begann der Kampf zwischen Jeremy und Kuro. Kuro war aber viel größer und stärker als Jeremy. Jeremy war sehr schnell erschöpft. Kuro holte aus und Jeremy fiel bewusstlos zu Boden. Als Kuro einen vernichtenden Schlag loslassen wollte, erschufen Lulu und Lilli ein schützendes Kraftfeld für Jeremy, aber Kuro war auch stärker als das Kraftfeld. Durch Kuros Kraft wurden die drei getrennt und über das Feenland verteilt.

4

Als Lulu aufwachte, lag sie an einem Fluss. Sie richtete sich auf und schrie: „Lilli, Jeremy!“ Leider bekam sie keine Antwort, es war sehr dunkel. Lulu sah in der Ferne ein grünes Licht, es musste Lilli sein. Lulu war Feuer und Flamme, sie flog so schnell wie ein Düsenjäger zu Lilli. Lilli schien sehr traurig zu sein. Als Lulu fragte, was los sei, fing Lilli an zu weinen: „Lulu…“ Die nächsten Worte danach fielen ihr sehr schwer: „… es, es, es geht um Jeremy, ich, ich, ich glaube er ist von uns gegangen. Als ich ihn fand, atmete er nicht.“

Als Lulu das hörte, zerbrach etwas in ihr, und sie fragte: „Und wo ist er?“ Bei diesen Worten fing auch sie an zu weinen.

Lilli führte Lulu in die Höhle, in die sie Jeremy getragen hatte, da lag Jeremy bewegungslos. Lulu gab Jeremy einen Kuss, sie war in ihn verliebt gewesen. Plötzlich fing Jeremy wieder an zu atmen und stand auf. Er sagte: „Was ist passiert, wo bin ich?“

Die Feen tanzten um ihn herum und kuschelten mit ihm vor Freude. Was sollten sie jetzt tun? Sie hatten gegen Kuro verloren, alle Feen im Stich gelassen. Jeremy aber hatte noch Hoffnung. Da hatte Lilli eine Idee. Sie und Lulu könnten Kuro ablenken, während Jeremy Kuro verzaubert. Alle fanden die Idee toll. Also teleportierten sie sich zu Kuro, der immer noch in seinem Nest saß und setzten ihren Plan in die Tat um. Alles lief gut, bis auf die Sache mit dem Zauber, denn Jeremy hatte zuerst den Zauberspruch vergessen.

„Großer Vogel wird jetzt klein, das ist fein“, kam es ihm schlussendlich doch aus dem Mund geschossen. Und aus Kuro wurde ein Spatz.

Jeremy, Lulu und Lili befreiten die restlichen Feen und waren sehr glücklich, dass sie es geschafft hatten. Jeremy wollte jetzt wieder in den Düsterwald zurückkehren, aber da sagte Lulu: „Ich liebe dich mehr als alles andere auf der Welt, deshalb möchte ich dich für immer begleiten und nicht von deiner Seite weichen!“

Das war es, was Jeremy wiederbelebt hatte, Lulus unbändige Liebe. Jeremy war erstaunt, aber er erwiderte diese Liebe. Also gingen beide zurück in den Düsterwald.

5

Jetzt waren Jeremy und Lulu zurück im Düsterwald, beide gingen erstmal zum Geisterbaum und erzählten ihm ihr Abenteuer. Da war der Geisterbaum sehr erstaunt und sprach: „Danke, dass du dein Versprechen gehalten hast.“

Jetzt fielen Jeremy seine Eltern wieder ein und er wurde traurig, weil er für immer im Wald bleiben sollte. Als der Geisterbaum das sah, hatte er Mitleid mit Jeremy und sagte: „Jeremy du darfst wieder dein normales Leben haben, unter der Bedingung, dass du jeden Tag nach dem Wald sehen wirst, verstanden?“

Jeremy sagte: „Ja, ja das möchte ich.“

„Ok“, sagte der Geisterbaum.

„Aber es ist doch schon eine Woche vergangen“, sagte Jeremy, nachdem er es ausgerechnet hatte.

„Du irrst dich, es sind erst 10 Minuten vergangen“, sprach der Geisterbaum.

„Waaas?“, fragte Jeremy verwundert. Aber das war ihm eigentlich egal, denn er freute sich zu sehr, dass er zu seinen Eltern zurück konnte. Aber was sollte er mit Lulu machen? Er könnte sie ja in seiner Jacke verstecken. Er erzählte Lulu alles, und sie verließen den Wald. Immer, wenn Jeremy jetzt in die Schule ging, hatte er sehr viel Selbstvertrauen, weil er durch seine Abenteuer Mut gewonnen hatte, und weil er immer eine Freundin an seiner Seite hatte.

Liesa Zacharias (13)

Gefangen im Troll-Land

Elly, die 13 Jahre alt war, lag auf dem Bett. Ihr Zwillingsbruder Ben, der nur zwei Minuten älter war, hockte auf dem Boden und packte seine Reisetasche. Am nächsten Morgen wollten sie zu ihrer Oma Thea und Opa Anton fahren, die in Schweden in der Stadt Karlstadt am Väner See wohnte.
Ben guckte Elly fragend an: „ Wieso packst du deine Tasche nicht?“

Elly guckte verträumt auf ihre gemalten Bilder, auf denen Feen mit Blumenkränzen im Haar waren, Trolle mit riesigen Nasen und Seegeister, die wunderschönes fließendes blaues Haar hatten. Plötzlich tickte sie jemand an der Schulter an. Elly zuckte zusammen. Völlig verwirrt sagte sie: „ Wer? Wo? Was? Ach, du bist es Ben. Was ist?“

Elly schaute auf ihre Reisetasche und begriff, was Ben von ihr wollte. „Soll ich dir helfen?“, bot Ben ihr an.

„Ja gerne. Ich mach mir nur kurz einen Zopf“, sagte Elly. Sie hatte braune Haare, die bis zu den Schultern reichten. An den Spitzen kräuselten sich ihre Haare zu wunderschönen Locken. Ihre Oma hatte immer gesagt, es wären süße Babylöckchen. Das mochte Elly überhaupt nicht. Ihr Bruder dagegen hatte blondes Haar, man konnte meinen, es funkelte golden, wenn die Sonne darauf schien. Elly stand vom Bett auf und holte sich ein Zopfgummi.

„Bist du nun soweit?“, beschwerte sich Ben.

„Ja, ja“, warf Elly leicht genervt zurück. Sie nahm ein T-Shirt legte es zusammen und gab es dann ihrem Bruder, der es in die Reisetasche legte.

„Seid ihr fertig, Kinder?“, rief ihr Dad. Er wollte eigentlich nicht nach Schweden, denn er war schon einmal da gewesen, doch dann ist seine Frau dort spurlos verschwunden. Er hatte überall nach ihr gesucht, aber sie blieb weg.

„Ja gleich Dad“, schrie Ben. Er nahm eine Hose und legte sie in die Tasche, dazu kamen noch zwei Paar Socken und noch viele andere Sachen.

„So fertig “, sagte Ben zufrieden. Er nahm seine Reisetasche und ging die Treppe runter. Elly sah ihm nach und schnaufte. Sie nahm ihren Zeichenblock und ging auch die Treppe hinunter.

Ben, der gerade aus dem Wohnzimmer kam, um eine seiner Lieblings-CD`s in seine Tasche zu packen , hielt Elly auf und fragte: „Was hast du denn gemalt?“

Elly hielt ihre gemalten Bilder hoch und war sehr stolz darauf. Bens Augen wurden groß, als er das Bild von der Fee sah. Er brachte nur ein „Wow“ heraus.

Auf Ellys Mund bildete sich ein breites Lächeln. Da kam ihr Vater Thomas aus der Küche und sah die Bilder.

„Du hast eine Fantasie Elly“, lachte er.

„Das ist keine Fantasie, die gibt es wirklich“, protestierte Ben.

„Kinder, redet doch keinen Quatsch“, sagte Thomas etwas lauter.

Ben und Elly gingen schmollend in die Küche und nahmen sich einen Apfel.

„Keiner glaubt uns“, sagte Ben mit einer traurigen Stimme.

„Aber wenigstens haben wir uns“, tröstete Elly ihn.

Am nächsten Morgen wurde Elly von ihrem Bruder geweckt. Ben war in der Küche und machte bereits das Frühstück. Es war halb sieben. Elly hätte gern noch länger geschlafen. Sie stand auf, zog sich eine Hose, einen Pullover und ein paar

Socken an. Als sie die Treppe runter ging, saß ihr Vater schon am Tisch.

„Guten Morgen, meine kleine Maus“, lachte er. „Nimm dir schnell einen Toast und dann ab ins Auto. Ben ist schon drin.“

Elly nahm sich einen Toast mit Käse und setzte sich ins Auto. Thomas startete das Auto und fuhr los. Elly legte den Kopf an die Seite und schlief ein. Ihr Bruder dagegen starte gebannt aus dem Autofenster. Sie fuhren an Feldern, kleinen Dörfern und Wäldern vorbei. Dann fuhren sie über die Brücke, die nach Fehmarn führte und zur Fähre, die sie nach Schweden verschiffen würde. Ihr Vater fuhr in den Bauch des riesigen Schiffes. Es wackelte, als sie im durch die Schranke durchfuhren. Elly schlug verschlafen die Augen auf. Sie sah aus dem Fenster und bemerkte, dass sie schon auf der Fähre waren.

„Na, du Schlafmütze, auch schon wach“, sagte Ben vergnügt.

Elly lächelte und sagte: „ Ich habe von Elfen und Feen geträumt. Und ich habe Mum getroffen.“

„Hört doch auf mit diesem Kinderkram. Elfen und Feen gibt es nicht!“, schnaufte ihr Vater.

Elly protestierte: „ Natürlich gibt es sie. Du bist blöd.“

Sie verschränkte die Arme vor der Brust. Ben zeigte ihr einen Mahlblock.

„Wollen wir was malen? Kannst du mir zeigen, wie man die riesige Nase vom Troll malen kann?“

Elly nickte und fing an zu zeichnen. Ben machte es ihr nach. Es wurden zwei wunderschöne Trolle.

„In wenigen Minuten sind wir in Schweden“, klang es durch die Lautsprecher der Fähre. Thomas, Elly und Ben schnallten sich an. Etwas wackelig legte die Fähre an. Thomas fuhr durch die Schranke. Jetzt mussten sie nur noch nach

Karlstadt, zu Oma Thea und Opa Anton.

„Jetzt ist es nicht mehr weit", sagte Thomas mit einem nicht so guten Gefühl.

Elly sah aus dem Fenster auf die wunder schöne Landschaft.

„Dort wohnen die Trolle", flüsterte Ben so, dass Thomas es nicht hören konnte, er wollte nicht, dass ihr Dad wieder anfing zu schimpfen. Da blieb das Auto vor einem roten Haus aus Holz stehen. Das Haus hatte eine Veranda, die mit vielen Blumenkästen verziert war. Es stand in einem kleinen Wald, der nicht sehr hell war. Es wuchsen viele Moose und kleine Gräser. Es gab auch einen kleinen See, der sehr versteckt war. Ben trat auf die Veranda und betrachtete die uralte Kiefernholztür. Sie war mit Feen, Trollen und Blättern, die in das Holz geschnitzt waren, verziert. Ben klopfte gegen die Tür und wartete. Langsam öffnete sie sich und eine etwas ältere Dame schaute sie fröhlich an. „Hallo Benni, mein Schatz, schön dich zu sehen." Oma Thea umarmte Ben und drückte ihm einen dicken Schmatz auf die Wange. Danach hatte Ben einen Lippenstiftabdruck im Gesicht. Elly sah ihre Oma und rannte ihr in die Arme.

„Oma, ich habe dich so lieb!" Sie schlang die Arme um ihre Oma.

Thea küsste sie auf die Stirn und sagte: „Na, meine kleine Maus, ich habe dich vermisst." Dann sah Thea zu ihrem Sohn und umarmte ihn fest.

„Hallo Mutter." Mehr brachte Thomas nicht heraus.

„Kommt doch erst einmal rein, es gibt leckeren Blaubeerkuchen", sagte Thea. Sie war eine etwas rundliche Frau mit rötlichen Haaren. Ihren blauen Augen entging nichts, das hatten Elly und Ben schon bemerkt. Elly trat ins Wohnzimmer, wo Ben bereits Opa Anton umarmte.

Elly lief zu ihm und drückte ihren Opa fest an sich.

„Wo können wir unsere Taschen abstellen?", fragte Thomas.

Anton stand von seinem Sessel auf und ging über eine schmale Treppe in die oberste Etage. Ben und Elly folgten ihnen.

„Das ist dein Zimmer, Thomas, es ist nicht sehr groß, weil wir nicht so viel Platz haben", erklärte Anton seinem Sohn.

„Und wo sollen wir schlafen?", fragte Ben mit einem etwas verwirrten Gesicht.

„Wo wir sonst auch immer schlafen", sagte Elly lachend.
Ben trat in ein kleines Zimmer, wo ein Etagenbett und zwei kleine Schränke standen. Sofort kletterte Ben die Leiter vom Etagenbett rauf und rief: „ Ich schlafe oben."

„Okay, aber wir tauschen auch mal."
Thomas schaute auf seine Armbanduhr und sah, dass es schon viertel vor neun war.

„So Kinder, es ist schon spät, ab ins Bett."

Am nächsten Morgen, als Elly aufwachte, war Ben schon dabei, mit Thea den Tisch zu decken.

„Kinder könnt ihr vielleicht gleich in den Wald gehen und Blaubeeren für meinen Kuchen sammeln?", fragte Oma Thea.

„Ja klar, wie sehen die noch mal aus?", fragte Ben.
Thea nahm ein Bild vom Kühlschrank und zeigte es den beiden. „So sehen sie aus, dunkelblau. Und bitte pflügt nicht die mit den lila Punkten, die sind giftig. Das sind die Troll-Beeren."

„Ja, okay Oma."

Nach dem Frühstück gingen sie zum Wald. Der Wald war dunkel und unheimlich. Elly holte einen kleinen Block aus der Hosentasche und einen Stift.

„Wo hast du den her?“, fragte Ben seine Schwester.

„Ich habe immer einen dabei.“ Sie lächelte ihren Bruder an. Auf einmal wurde es dunkel, die Vögel hörten auf zu zwitschern. Ein kalter Wind wehte den beiden durchs Haar. Aber auf unerklärliche Weise hörte alles blitzschnell wieder aus. Die beiden wunderten sich. Da sah Elly eine weiße Blume mit blauen Punkten auf den Blütenblättern.

„Die mal ich ab. Sie ist wunder schön“, sagte Elly aufgeregt und setzte sich auf einen Stein. Ben sah sich ein bisschen in der Gegend um und entdeckte eine ganze Reihe von Blaubeerbüschen.

„Hey Elly, hier sind ganz viele Blaubeerbüsche mit dicken saftigen Beeren“, rief er. „Ich bin aber noch gar nicht fertig mit Abzeichnen“, sagte Elly.

„Ist doch egal, wir können morgen auch noch mal herkommen“, erklärte Ben.

Elly und ihr Bruder gingen zu den vielen Blaubeerbüschen und fingen an zu sammeln. Was Elly nicht wusste war, dass sie die Beeren mit den lila Punkten sammelte.

„So, meine Taschen sind voll“, sagte Ben zufrieden. Elly füllte auch ihre letzten Beeren in die Tasche

„Gehen wir wieder nach Hause?“, schlug Elly vor.
Ben nickte und sah sich um. „Ähm, ich weiß nicht, wo wir lang müssen.“

Elly lehnte sich an einen Baum und aß eine Beere, die sie gepflückt hatte. Plötzlich wurde ihre Hand dursichtig, ihr ganzer Körper löste sich auf.

„Ben, Ben ich löse mich auf. Hilf mir doch!“, schrie sie in ihrer größten Verzweiflung.

Ben rannte zu ihr und wollte sie festhalten, doch es ging nicht. Elly löste sich mehr und mehr auf. Nun war Elly ganz und gar weg, er konnte sie nicht mehr sehen.

„Ben, was ist mit mir passiert?“, fragte Elly.
Ben schaute verwirrt um sich und drehte sich im Kreis. Er hörte seine Schwester, sah sie aber nicht. Ein paar blaue Beeren kullerten über den Boden. Ben hob sie auf und betrachtete sie genauer. Er sah kleine lila Punkte und sagte: „Oh nein, Elly, du hast die Troll- Beeren gegessen!“

Währenddessen machte sich Thea Sorgen. Sie hatte ein ungutes Gefühl, also ging sie nach draußen und rief: „Willy, Willy, ich brauch deine Hilfe!“ Willy war ein Troll mit einer sehr großen Nase und großen Ohren, die im Wind flatterten, und er war etwas pummelig. Er kam aus einem Loch, das in der Erde des Gartens war. „Was ist Thea? Wie kann ich dir helfen?“, fragte er.

„Kannst du mal nach meinen Enkeln schauen? Ich habe ein ganz ungutes Gefühl“, flüsterte Thea mit einem ängstlichen Blick. Willy nickte und sauste in den Wald.

Olf, der Große, hatte alles mitgehört. Er war der fieseste unter allen Trollen. Seinen großen Ohren entging kein einziger Mucks und in seinen Augen sah man puren Zorn. Er hasste die Menschen, weil sie Fabriken und Autobahnen bauten. Dadurch zerstörten sie den Lebensraum der Trolle.

Ben und Elly versuchten, Hilfe zu holen.

„Hast du nicht dein Handy dabei?“, flüsterte Elly kaum hörbar. Ben sah in die Richtung, wo er die Stimme seiner Schwester gehört hatte. Er griff in seine Hosentasche und wählte die Nummer seiner Oma.

„Mist, kein Empfang!“, fauchte er. Da raschelte es an einem Baum. Ben zuckte zusammen und sah sich etwas ängstlich um.

„Hast du das auch gehört, dieses Rascheln?“, fragte Ben seine Schwester.

„Ddda ist eeein Tttroll!“, schrie Elly.
Hinter einem Baum stand Olf, der Große. Er lachte höhnisch und rannte auf die beiden zu. Elly fing an zu schreien. Ben geriet in Panik und versuchte seiner Schwester zu helfen. Was aber schwierig war, denn er konnte sie ja nicht sehen. Plötzlich verstummte alles. Elly schrie nicht mehr.

Ben drehte sich im Kreis und rief, so laut er konnte: „Elly wo bist du! Antworte mir!“ Doch alles blieb stumm.

Da hörte Ben ein anderes Geräusch, es klang so wie ein Schnaufen.

„Hallo Ben, ich bin Willy. Deine Oma schickt mich. Wo ist denn deine Schwester?“, fragte Willy.

„Das weiß ich nicht. Sie hat von den Troll-Beeren gegessen. Hier soll ein Troll gewesen sein, hat meine Schwester gesagt“, erklärte Ben etwas verwirrt dem Troll, den er nicht sehen konnte. Willy atmete ein und fing an zu husten.

„Hier war Olf, der Große. Er stinkt wie ein toter Fisch untem Arm“, hustete Willy.

„Wo bist du, Willy?“, fragte ben.

„Ich habe eine Idee, wie du mich sehen kannst. Wir müssen nur zu deiner Oma“, sagte Willy.

„Aber ich weiß nicht, wo es lang geht?“, erklärte Ben.
Willy gab einen merkwürdigen Ton von sich. Es hörte sich an, als würde ein Hase schreien. Kurz danach kam ein kleiner brauner Hase angehoppelt und zupfte Ben am Hosenbein.

„Er will, dass du ihm folgst“, flüsterte Willy.

„Wieso flüsterst du, Willy?“, fragte Ben auch leise.

„Ich bin mir nicht sicher, ob Olf uns belauscht. Also leise“, zischte Willy.

Der Hase zupfte Ben erneut am Bein und lief los. Ben folgte ihm. Der Hase rannte an vielen Büschen, riesigen Bäumen und großen Hügeln vorbei. Da sah Ben das Haus von Oma

Thea. Der Hase blieb stehen und machte Männchen. Ben und Willy blieben auch stehen.

„Danke kleiner Freund", sagte Willy. Ben lief zur Veranda und klopfte hastig gegen die Tür. Thea rannte zur Tür, riss sie auf und sah nur Ben und Willy.

„Wo ist denn Elly?", fragte Thea schnell.

„Sie hat von den Troll-Beeren gegessen", sagte Ben.

„Und Olf hat sie mitgenommen, das habe ich gerochen", erklärte Willy stolz.

„Kommt rein, ich kann euch ein bisschen mit meinen Elfenkräften helfen", sagte Thea und ging wieder ins Haus. Ben und Willy folgten ihr. Sie setzten sich an den Küchentisch und warteten auf Thea. Sie kam mit einem Kästchen in die Küche.

„Wieso Elfenkräfte?", fragte Ben verwirrt.

„Thea war eine Elfe, hat sich aber in deinen Opa Anton verliebt und jetzt darf sie nie mehr in unsere Welt. Wieso, das ist kann ich dir nicht sagen", erklärte Willy.

„Genauso ist es, aber jetzt müssen wir schnell handeln", sagte Oma Thea. Sie machte das Kästchen auf. Ein Amulett war dort drin.

„Das ist für dich Ben. Damit kannst du die Trolle nicht nur hören, sondern auch sehen." Sie hing es Ben um. Er sah sich um und erschrak. Ben sah einen etwas pummeligen Troll mit einer großen Nase und riesigen Ohren.

„Ihr müsst zu meiner Freundin. Sie wohnt in einem grünen Haus das in Väse liegt", erklärte Thea. Ben und Willy standen auf und verabschiedeten sich.

„Und was ist mit Dad?", fragt Ben.

„Darum kümmere ich mich." Thea lächelte den beiden zu. Ben und Willy rannten los. Die beiden liefen über Felder, wo ihnen manchmal Hasen und Mäuse begegneten. Dann kamen sie in einen kleinen Wald.

Willy blieb stehen und übergab einer Amsel eine Nachricht. Die Amsel flog los. Es war schon spät und Willy und Ben brauchten ein Nachtlager.

„Hey, Willy, ich habe eine Höhle gefunden, dort können wir übernachten“, schlug Ben vor.

Willy schaute sich die Höhle an, legte sich hin und schlief ohne ein Wort zu sagen ein. Ben legte sich auch hin. Er konnte nicht einschlafen, denn er musste immer wieder an seine Schwester denken.

„Lass mich sofort los, du fieser Troll!“, schrie Elly. Olf, der Große, hatte sie in eine Höhle entführt, die sehr dunkel war

„Hör auf zu schreien, Menschlein, dich wird keiner hören. Du wirst jetzt für mich arbeiten“, lachte Olf höhnisch.

„Da wirst du schlafen!“ schrie er und zeigte auf ein kleines Bett aus Gras und Stroh. Elly legte sich darauf und fing leise an zu weinen. In einer anderen Ecke war auch eine Person, es war eine Frau.

„Wer bist du?“, fragte die Frau.

„Ich bin Elly, dieser fiese Troll hat mich entführt“, schluchzte Elly.

„Ich bin Isabell“, stellte sich die Frau vor.

Elly stand auf. Da sah sie, dass die Frau genau so aussah wie ihre Mum. Sie hatte die gleiche Haarfarbe wie Elly und auch ein paar Sommersprossen

„Mum, bist du es?“, fragte Elly voller Hoffnung.

„Elly, ja, ich bin`s! Isabell, deine Mum!“

Elly rannte zu Isabell. Sie fielen sich in die Arme. Isabell liefen Freudentränen über die Wange.

„Ich habe dich an deiner Stimme erkannt“, sagte Isabell. Elly war sehr müde und schlief im Arm ihrer Mum ein.

Ein dicker Sabberfaden tropfte Ben aufs Gesicht.

„Äh, was ist das!“, rief Ben müde. Er schlug die Augen auf und vor ihm war eine dicke Elch-Nase. Erschrocken sprang Ben auf und schaute den Elch an. Auf dem Elch saßen Willy und noch ein anderer Troll.

„Guten Morgen, Ben, du Schnarch-Nase“, lachte Willy. Ben kratze sich am Kopf und schaute den anderen Troll an.

„Hallo Ben, ich bin Alma, und das ist mein Elch Olle“, sagte Alma freundlich.

„Hallo Alma und Olle“, grüßte Ben zurück.

„Los, Ben, aufsteigen, wir müssen nach Väse“, erklärte Willy.

„Was, ich soll auf einem Elch reiten? Niemals“, drückte sich Ben.

Willy stieg vom Elch ab und hob Ben hoch. Alma zog ihn auf den Elch. Ben setzte sich hinter Alma auf den Rücken des Elches und Willy setzte sich in eine Schaufel des Elch-Geweihs.

„Hey ja!“, schrie Alma, und der Elch galoppierte los.

Olf kam aus einer Ecke der Höhle und ging zu seinen beiden Gefangenen.

„Folgt mir!“, befahl er und ging auf ein Bergwerk zu. Darin glitzerte es nur so von bunten Edelsteinen. Ein paar Trolle kamen aus der Mine, um die Edelsteine in die Schatzkammer von Olf, dem Großen, zu tragen. Es war ein großes Durcheinander.

„Holt mir so viele Edelsteine, bis es wieder Abend geworden ist!“, schrie Olf allen Trollen zu, die schon in der Mine waren. Isabell gab Elly einen Hammer, damit sie die Edelsteine von der Wand entfernen konnte.

Ben, Willy und Alma waren schon fast an ihrem Ziel angekommen. Sie suchten ein kleines grünes Haus, das in der Nähe des Väner Sees lag.

Plötzlich schrie Willy: „Dort ist es!“
Der Elch lief dorthin und blieb vor der Haustür stehen. Eine Alte Darme machte die Tür auf und sagte: „Hallo Ben, Willy, Alma und Ollc, ich habe euch bereits erwartet. Kommt doch rein“.

Die zwei Trolle und Ben stiegen von dem Elch ab und gingen ins Haus. Die alte Frau setzte sich in einen Sessel und begann zu erzählen: „Also, ich bin Britta, und ich weiß, wo der große Olf deine Schwester gefangen hält, und ich weiß, wo ihr danach hin müsst, um sie wieder in einen sichtbaren Menschen zu verwandeln.“

Ben und Alma guckten sich an und hörten gebannt weiter zu. „Ihr müsst zum Väner See. Dort an den Klippen ist eine Höhle, und dort lebt Olf. Danach muss deine Schwester sich auf den Grund des Sees sinken lassen, und den Rest erzählen euch die Seegeister.“

Willy sprang auf und zog Ben an der Hand hoch.

„Vielen Dank, Britta“, sagte Alma und ging wieder zur Haustür, wo Willy und Ben schon auf sie warteten.

Alma, Willy und Ben stiegen auf ihren Elch.
Da galoppierte der Elch los. Britta winkte den vieren zu. Der Elch galoppierte über ein Feld, von dort konnte man schon etwas vom See sehen.

„Schneller Olle, wir sind gleich am See!“, rief Ben.

Im Bergwerk ging Elly zu ihrer Mum. „Mum, komm, lass uns hier raus gehen. Gemeinsam schaffen wir es“, flüsterte Elly. Isabell schaute ihre Tochter an und nickte. „Dort ist der Ausgang“, flüsterte Isabell. Elly legte ihren Hammer an die

Seite und schlich mit ihrer Mum zum Ausgang vom Bergwerk. Da sahen sie Olf, der vor dem Ausgang der Höhle lag.

„Wie kommen wir an dem vorbei?“, flüsterte Elly kaum hörbar.

„Ich habe eine Idee. Wir verkleiden uns als Trolle, die ganze Edelsteine aus der Miene tragen. Isabell fragte den Troll Isak, ob er bei dem Plan mitmachen will. Isak war einverstanden. Er nahm sich einen Edelsteinsack und rannte zum Ausgang des Bergwerks. Elly stülpte ihre Kapuze über ihren Kopf und nahm sich einen Sack mit Edelsteinen. Isabell lieh sich den Mantel von Isak und nahm sich ebenfalls einen Sack, der voller Edelsteine war. Isak konnte ohne Probleme an Olf, dem Großen, vorbei gehen, doch als Elly vorbei ging, wachte er plötzlich auf. Die drei blieben wie angewurzelt stehen.

„Los rennt, rennt!“, schrie Isak den beiden zu. Elly und Isabell fingen an zu rennen. Isak stellte sich Olf in den Weg, um Elly und Isabell zu helfen.

Elly schrie vor Angst und genau diesen Schrei hörte Olle, der Elch. Er rannte los zur Klippe. Alma, Willy und Ben konnten sich kaum festhalten, so schnell war er. Nur kurz vor der Klippe bremste Olle ab.

Ben sprang sofort von ihm herunter und schaute auf einen kleinen Vorsprung in der Felswand unter der Klippe. Dort war ein schmaler Weg, auf dem zwei Personen entlang liefen.

„Elly?“, schrie Ben die Felswand herunter.

„Ja, ich bin‘s Ben, und Mum ist auch hier“, rief Elly zu ihm herauf.

Da klingelte das Handy von Ben. Es war Oma Thea.

„Hallo Ben, hier ist Oma. Thomas macht sich riesengroße Sorgen. Wo seid ihr denn?“, klang es aus dem Hörer.

„Wir sind am Väner See, dort wo Britta ihr Haus hat, hinter dem Feld“, sagte Ben. Da verlor Ben das Gleichgewicht, das

Handy fiel im aus der Hand. Ben torkelte und fiel die Klippen hinunter. Olle reagierte schnell und fing ihn mit seinen riesigen Schaufeln auf. Er stellte ihn behutsam wieder auf den Boden zurück. Ben wischte sich den Schweiß von der Stirn. Das Handy, mit dem er eben noch Theas Stimme gehört hatte, war jetzt irgendwo im See verschollen.

„Ben, Ben sag doch was!“, schrie Thea in den Hörer. Thomas, der neben ihr stand, bekam es mit der Angst zu tun.

„Wir müssen sofort zum Väner See fahren. Irgendetwas ist da passiert“, erklärte Thea ihrem Sohn. Thomas riss die Haustür auf und rannte zum Auto. Thea folgte ihm. Thomas fuhr los zum Väner See.

Inzwischen hatten es Elly und Isabell fast bis nach ganz oben geschafft. Die letzten Schritte waren sehr mühsam für Elly. Ben rannte zu ihr und schloss sie in die Arme, dann sah er Isabell. Ben drückte sie ganz fest. Isabell küsste ihn und ein paar Tränen kullerten über ihre Wange. In dem Moment kamen Thea und Thomas mit dem Auto.

„Isabell! Wie schön dich wider zu sehen!“, rief Thea. Thomas schaute Thea erschrocken an. „Fängst du jetzt auch an, Gespenster zu sehen, Mutter?“ schnaubte er. „Diese ganzen Feen- und Troll-Geschichten sind doch Quatsch!“ Isabell löste sich von Ben und sah ihren Mann an, der sie aber nicht sehen konnte.

„Hallo Thomas“, sagte Isabell mit zarter Stimme.

„Deine Frau grüßt dich Thomas“, erklärte Thea ihrem Sohn.

„Hallo Isabell“, grüßte Thomas zurück.

„Wir müssen die Seegeister fragen. Die können uns sagen,

wie wir euch zurückverwandeln können“, erklärte Ben seiner Schwester schnell.

Plötzlich kam Olf, der Große, von hinten angerannt. Er lachte und schubste Elly und Isabell die Klippen hinunter.

„AAAAAAAAHHHHHHH!!!!“, schrien Elly und Isabell.

Thea brach in Tränen aus, und Ben hielt sich die Hände vors Gesicht. Elly und Isabell fielen und fielen. Da verschluckten sie die Wellen im See.

„Was ist denn jetzt schon wieder los. Ihr spinnt doch alle. Ich geh jetzt. Das alles wird mir zu viel“, schnaufte Thomas. Er setzte sich ins Auto und schnappte sich die Zeitung. Olf stand immer noch am Rand der Klippen und lachte, so laut er konnte. Willy, Ben, Thea und Alma riefen die Namen von Elly und Isabell. Selbst Olle rief nach ihnen. Diese Rufe hören die Seegeister. Sie flogen nach oben und sahen die weinenden Trolle und Menschen. Thea blickte auf und sah zwei Seegeister. Sie waren blau und fast durchsichtig.

„Oh Seegeister, helft! Zwei Menschen sind die Klippe heruntergefallen, helft ihnen bitte!“, flehte Thea.

„Wir können ihnen nicht helfen, wenn sie ihr Leben selbst beenden“, hauchten die Seegeister.

„Sie sind nicht gesprungen! Olf, der Große, hat sie geschubst. Bitte helft ihnen!“, weinte Thea.

„Sie haben es verdient! Es sind Menschen!“, lachte Olf, der Große.

„Kein Wesen darf einem anderen Wesen Schaden zufügen. Also werden wir ihnen helfen“, sagten die Seegeister. Sie flogen die Klippen hinunter und stürzten ins Wasser. Elly und Isabell versuchten, an der Oberfläche zu bleiben.

„Wir sind Seegeister, wir helfen, wir helfen! Zu Grunde sinken lassen und zwei glatte Steine fassen“, flüsterten die Seegeister.

Elly, die sich an ihrer Mum festhielt, ließ nur mit viel Mut los. Sie ließ sich sinken und fasste zwei glatte Steine. Die Seegeister fingen an, sich um sie herum zu drehen. Jetzt stieg Elly wieder höher. Sie war in einer Art Wassertunnel. Die Seegeister legten sie behutsam ans Ufer. Ben sah Elly und rannte zu ihr hin.

„Elly. Ich habe dich so vermisst“, rief er voller Freude. Er umarmte seine Schwester. Thea schaute verwirrt in die Luft. Dort war noch ein größerer Wassertunnel. Der See-Geist setzte Isabell auf den Boden und hörte auf sich zu drehen. Thea rannte auf Isabell zu und fing an zu weinen. Thomas schaute zum Fenster raus und sah Elly und seine Frau. Er machte die Autotür auf und blieb stehen. Isabell schaute zu ihrem Mann. Thomas lief zu ihr. In seinen Augen bildeten sich Tränen. Thea ließ Isabell los.

„Isabell, endlich habe ich die wieder“, schluchzte Thomas. Er umarmte weinend seine Frau. Ben und Elly liefen zu ihren Eltern. Thomas und Isabell schlossen ihre Kinder in die Arme.

Thea war von dem Anblick so berührt, dass ihr wieder die Tränen kamen.

„Lass uns zu Thea fahren. Dort können wir alle zusammen wundervolle Tage verbringen“, sagte Thomas.

Thomas, Isabell, Ben und Elly ließen sich los und stiegen ins Auto. Thomas fuhr, Isabell saß auf dem Beifahrersitz und Ben, Thea und Elly saßen auf der Rückbank. Willy, Alma und Olle winkten ihnen hinterher.

Olf, der Große, fluchte. „Rattenmist und Wolfsgebiss, das kann doch gar nicht sein!“, schrie er. Plötzlich stürzten seine Höhle und die Mine zusammen und fielen in den See. Die Trolle, die darin waren, trugen die Seegeister auf die Felder, in die Wälder und dorthin, wo sie vorher gelebt hatten.

Thomas und seine Familie verbrachten noch drei Wochen in Schweden. Er freute sich, dass Isabell wieder da war. Sie erzählte ihm, dass Olf, der Große, sie entführt hatte. Und trotzdem fiel es ihm schwer, an Trolle zu glauben.

Paul Paulsen (14)

Groß, klein und lang

Es waren einmal vier kleine Zwerge, zwei große Riesen und ein Pinocchio. Wenn die Riesen gegangen sind, war es für die vier kleinen Zwerge und für den Pinocchio wie ein großes Erdbeben. Manche haben sich gewundert, warum Pinocchio eine lange Nase hatte, andere haben sich gewundert, warum die Zwerge so klein waren. Die Zwerge wunderten sich immer, warum die Riesen so groß waren.

Die Zwerge fragten Pinocchio, warum er so eine lange Nase hat. Er antwortete: „Weil ich immer gelogen habe."

Auf einmal trafen sie eine Hexe, die ihnen den Weg zauberte. Sie haben den Weg auch genutzt. Die Riesen waren meist schneller da als die anderen. Manchmal fragten sich die Riesen: „Wo seid ihr?" Und die anderen antworteten: „Hier unten!"

Die Riesen sah man aufgrund ihrer Größe immer sehr gut, die anderen sah man eher nicht so gut, weil sie so klein waren. Die Hexe verwandelte aus Versehen zwei von den vier Zwergen in Fledermäuse. Da waren es nur noch zwei Zwerge.

„Hey du, Hexe auf dem Besen! Zaubere bitte wieder die Fledermäuse in Zwerge zurück", sagte Olaf, so hieß einer von den Zwergen. Zählen konnte er nicht, aber die Hexe wusste schon, was er meinte. Also zauberte sie die zwei Fledermäuse in Zwerge zurück.

„Kommt her, ich fühle was ganz Spitzes an meiner Nase!", sagte Pinocchio. Seine Nase wurde noch länger, und als sie Pinocchio's Nase gefolgt sind, landeten sie in Paris. Und die Hexe hat Paris sofort in ein Hexenschloss verwandelt. Auf einmal gingen die Zwerge in Paris verloren. So ergab sich eine große Suchaufgabe für die Riesen. Die Riesen, Pinocchio und die Hexe haben die Zwerge bis nach Canteleu gesucht, und alle Einwohner gefragt, und sie haben auch bei der Polizei angerufen.

„Tut mir leid, hier sind leider keine Zwerge auf der Wache!", sagte ein Polizeibeamter.

„Ich wohne in Buchholz", sagte Pinocchio.

„Dann müssen wir wieder zurück nach Deutschland", grummelten die Riesen.

„Ok, dann buchen wir uns einen Flug nach Hamburg!", sagte Pinocchio, und alle waren damit einverstanden. Kaum waren sie im Reisebüro angekommen, erfuhren sie, dass der Flieger am nächsten Tag um 01:00 morgens los flog.

Am nächsten Morgen war es soweit. Die Riesen, Pinocchio und die Hexe sind am Flughafen angekommen, und bestiegen gleich einen Etihad Flieger. Der hat dann in Hamburg den nächsten Halt gemacht. Nach der Ankunft mussten zwei Riesen, ein Pinocchio und eine Hexe in die S-Bahn Richtung Hauptbahnhof, vom Hauptbahnhof sind die drei mit dem Metronom nach Buchholz gefahren. Auf einmal spürte Pinocchio Hunger, und er wollte Döner essen gehen. Da fiel den Riesen ein, dass man in der Buchholz Galerie guten Döner kriegt. Deshalb sind sie in die Stadt gegangen. Die Riesen mussten aufgrund ihrer Größe draußen bleiben. Auf einmal hörten die Riesen die Kirchenglocke und dachten: „Ist heute schon Gottesdienst?"

„Nee, heute ist kein Gottesdienst!", rief die Hexe, als sie mit Pinocchio aus der Buchholz Galerie wiederkam. „Der ist nur an Sonntagen und Feiertagen."

Kaum ist Pinocchio zuhause angekommen, hatte er sofort mit den Vermisst-Plakaten begonnen. Darauf schrieb er: „Es werden vier süße kleine Zwerge vermisst!" und noch seine

Adresse. Eines Tages bekam er einen leeren Briefumschlag, das hieß, er konnte immer noch nichts über die vier Zwerge erfahren, bis er ein lautes „Hilfe! Hilfe! Wir brauchen dringend Hilfe! Hilfe! Hilfe! Wir brauchen dringend Hilfe!“ aus einem LKW hörte.

„Das können definitiv nur die vier Zwerge sein“, grummelte er. Schnell holte Pinocchio sein Telefon und rief die Riesen und die Hexe an. „Wisst ihr was ich gehört habe?“, sagte er ins Telefon.

„Nein!“, sagte Otto, so hieß einer von den zwei Riesen, der andere hieß Noah. Die Hexe hieß Marianne.

„Wo sind die Zwerge?“, fragte Noah.

„Ich glaube, die sind zu Schlachter Wiese gefahren!“, sagte Pinocchio. Schnell rannten Pinocchio, Olaf und Noah und Marianne zu Schlachter Wiese. Als Pinocchio mit Marianne den Schlachtsaal durch den Hintereingang betrat, wurde Pinocchio‘s Nase länger. Kühe haben sie auch gesehen. Die vier Zwerge natürlich auch.

„Pinocchio, versteck dich, am besten mit dem Gesicht nach oben!“, sagte Marianne. Als der Schlachter den Schlachtsaal betrat, hatte Marianne schnell die Axt zum Schlachten in einen Blumenstrauß verzaubert.

„Vielen Dank, dass ihr beide uns das Leben gerettet habt“ sagte der Zwerg Olaf. Schnell rannten Pinocchio, die vier Zwerge, Marianne, Otto und Noah aus der Stadt heraus. Der Schlachter rannte mit dem Blumenstrauß hinterher.

Pinocchio, die vier Zwerge und die Hexe nahmen schnell den Stadtbus Richtung Bahnhof, von dort aus fuhren sie mit dem Metronom nach Aurich, dort fühlen sie sich sicherer. Ein paar Sekunden später kamen auch die Riesen nach Aurich.

„Was machen wir jetzt?“, fragte Pinocchio neugierig.

„Erstmal suchen wir uns ein Hotel und danach ein Haus“,

sagte Noah. Das taten sie auch. Nach einer Weile hatten sie drei Zimmer gebucht. Die Riesen hatten sich vor dem Hotel ein Zelt aufgebaut. Am nächsten Morgen um 01:39 Uhr haben sie ihr Haus bekommen, natürlich auch für alle Größen. Darüber waren die Riesen glücklich, natürlich auch Pinocchio, wenn er mal wieder Lügengeschichten erzählt hatte.

„Hä, warum ist hier ein Backofen", fragte Pinocchio.

„Das heißt nicht Hä! Das heißt Wie bitte!", sagte Otto. Pinocchio's Nase wurde länger.

„Oh, Pinocchio hat schon wieder eine ganz lange Nase!", staunte Olaf.

„Na warte! Wenn du genau so frech wirst wie ich, dann kriegst du auch so eine lange Nase", sagte Pinocchio.

Otto spürte Hunger, er kannte kein gutes Restaurant in Aurich, deswegen hat er sein Handy geholt und schnell auf Google nach guten Restaurants gesucht. Natürlich hat er eins gefunden, und zwar im Hotel „Alte Post"

Sofort haben sie dort einen Tisch reserviert, kaum waren sie fertig mit Essen kam ein „War das gut!" von Noah.

Am nächsten Tag war Pinocchio verschwunden, was wieder eine große Suchaufgabe für die Riesen wurde.

„Haben Sie Pinocchio gesehen?", fragte Otto eine alte Dame.

„Pinocchio? Ach ja! Gestern Abend ist er in ein Juweliergeschäft eingebrochen", antwortete sie.

„UNSER FREUND IST KRIMINELL?! WIR MÜSSTEN DA WAS MIT IHM KLÄREN!", sagten die Riesen. Schnell waren die Riesen bei der Polizeiwache und haben Pinocchio gesehen. Seine Nase ging bis zum Ende des Zellengangs. Die Riesen sind Pinocchio und den Polizisten gefolgt.

„Pinocchio, was hast du im Juweliergeschäft gestohlen?", fragten die Riesen.

„Eine Kette, zwei Ohrringe und ein Armband“, antwortete Pinocchio.

„Das ist ja Diebesgut im Wert von 600 Euro! Was bist du denn für ein krimineller Mensch?“, fragten die Riesen.

„Ich bin eigentlich kein krimineller Mensch! Anschließend habe ich noch die Kasse ausgeraubt“, erwähnte Pinocchio.

„Oh nein, das ist dann Diebesgut im Wert von 800 Euro!“, fürchteten sich die Riesen.

„Warte mal, ich rufe Marianne an, damit sie dich befreien kann!“, sagte Otto.

„Marianne? Kannst du mal bitte Pinocchio aus der Zelle befreien, Reihe 1 Zelle 6?“, fragte Noah.

„Gerne! Ich komme schnell vorbei“, sagte Marianne. Schnell kam Marianne vorbei und befreite Pinocchio von der hinteren Wand der Zelle. Schnell kam es zu einem großen Alarm. Pinocchio sprang auf Mariannes Besen, und beide flogen durch den düsteren Wald davon. Die beiden sind auf einen Baum geflüchtet.

„Hier kann uns keiner finden“, sagte Marianne. Doch da irrte sie sich, sie und Pinocchio wurden vom Hubschrauber angestrahlt.

Die vier Zwerge sind mit den Riesen in der Polizeiwache zurück geblieben. Wegen ihrer Hilfe für Pinocchio wurden die Riesen und die vier Zwerge in eine Zelle gesteckt. Pinocchio und Marianne bekamen 100 Jahre Gefängnis auf der Polizeiwache.

Eines Tages starb Olaf an den Folgen einer Krankheit.

„Olaf, bist du tot?“, fragte Otto ängstlich.

Simon, so hieß einer von den vier Zwergen, rannte schnell zu einem Polizisten und stotterte: „W............w.........w........w......w ....w........wir haben eine Leiche in der Zelle, sie litt an einer

Krankheit, sie heißt Olaf."

Auf einmal tauchte Hulk aus dem Marvel Universum auf und befreite alle. Als Hulk alle befreit hatte, wurde der Zugang zum Marvel Universum eröffnet, und alle riefen: „Iron Man, komm her!"

Auf einmal stand Thor vor ihnen und alle schrien: „Geh weg Thor, wir wollen Iron Man!"

Thor warf seinen Hammer auf die Polizeiwache. Danach kam Homer Simpson und sagte: „Der Himmel ist uns auf den Kopf gefallen!"

Homer kriegte auf einmal eine Nase, die genau so lang war wie die von Pinocchio.

Aylin Wingenroth (15)

Hamster Hugo

Hallo ich bin Hugo, der Hamster. Ich habe graue Haare und einen weißen Bauch. Mein Lieblingsessen sind Mehlwürmer und Sonnenblumenkerne. Hamm, lecker! Jeden Morgen kommt mein Mädchen Luna an das Käfiggitter und schaut, was ich mache. Nie habe ich Ruhe. Wieso lässt sie mich nicht schlafen? Wenn sie dann endlich im Bett ist, geht mein Tag so richtig los. Erst mein Frühstück fressen. Dann kommt das Sportprogramm dran. Erst mal ins Laufrad, durchs Stroh und Heu flitzen.

Eines Tages, als Luna im Stress war, weil sie verschlafen hatte, wollte sie mir noch Futter geben, aber dafür war nicht mehr so richtig Zeit. Sie hat es trotzdem gemacht. Dabei vergaß sie allerdings, das Gittertor zu zumachen. Ich überlegte nicht lange, obwohl ich es bei ihr gut hatte. Ich wollte doch auch mal was anderes sehen, wenn ich schon die Möglichkeit hatte, und beschloss in die Freiheit abzuhauen.

Als ich aus dem Käfig raus war, musste ich mich erst mal orientieren, wo ich überhaupt lang musste. Aber dann plötzlich klingelte es. Da kam Luna noch mal zurück, um ihren Sportbeutel zu holen. Ich nutzte die Chance und rannte, so schnell ich konnte, zur Tür raus. Ich dachte, erst mal raus und dann weitersehen.

Doch das war keine gute Idee. Kaum draußen, lauerten schon die ersten Gefahren, von denen ich nichts ahnte. Oh, wie riesig alles war. Die großen Häuser, große Menschen, rasende Autos – wäre ich doch bloß nicht weg gelaufen. Was sollte ich denn jetzt tun?

Plötzlich kam ein kleiner Junge mit seiner Mama vorbei.

„Mama guck mal. Was ist denn das?"

„Komm schnell weiter, wir haben keine Zeit."

„Aber Mama, guck doch mal, das kleine Tier, das sieht so traurig aus."

„Oh ein Hamster, wie ist der denn hierhergekommen?"

„Darf ich ihn mitnehmen?"

„Na ja, ich weiß nicht. Der ist bestimmt weggelaufen. Komm jetzt, wir müssen weiter."

„Oh, mein Schuh ist aufgegangen."

Der Junge bückte sich und seine Mama lief schon weiter. Da nutzte der Junge die Gelegenheit und griff nach mir und steckte mich heimlich in seine Jackentasche, in der noch ein paar Krümel Erdnüsse waren.

Ich bekam einen Schreck. Doch ich hatte es warm und konnte leckere Nüsse fressen. Auf einmal wurde ich richtig müde und schlief in der kuscheligen Tasche ein.

Nach einiger Zeit griff mich die Hand des Jungen. Ich hatte ganz schön Angst und zitterte.

Da sagte der Junge zu mir: „Du brauchst keine Angst zu haben. Ich tue dir nichts, mein kleiner Freund."

Der Junge fragte seine Mama, ob er einen leeren Schuhkarton bekommen könnte.

„Wofür brauchst du den denn?"

„Ach nur so, für meine Lego-Sachen."

Als er den Karton dann hatte, nahm er mich und gab mir in meinem neuen Zuhause etwas zu fressen und zu trinken. Aber ich hatte gar keinen Appetit. Als der Junge vom Abendessen kam, sah er, dass ich nichts gefressen und auch nichts getrunken hatte. Da machte der Junge sich Sorgen um mich. „Wenn du doch nur sprechen könntest, dann wer die Welt einfacher."

Da piepste ich leise: „Kann ich doch."

Der Junge bekam so einen großen Schreck, dass er beinah vom Stuhl fiel. „Hast du grade was gesagt?“

„Ja“, habe ich geantwortet.

„Wie heißt du denn?“, fragte mich der Junge.

„Na Hugo“, piepste ich zurück.

Der Junge sagte: „Und ich bin der Julius. Warum frisst du denn nichts. Gefällt es dir nicht bei mir?“

„Doch schon.“

„Und wieso bist du von zu Hause abgehauen?“, fragte Julius.

„Ich wollte mal was anderes machen, als immer nur in dem langweiligen Käfig zu sein. Aber dann habe ich doch gemerkt, dass es draußen nicht so gut ist, weil es so laut ist, die Autos brummen, sind schnell und stinken. Dann gibt es da noch die Menschen. Da muss man echt aufpassen, dass sie nicht dich überlaufen mit ihren großen Schuhen.“

„Ja genau, aber dann habe ich dich ja gerettet.“

„Zum Glück, ich vermisse aber mein Mädchen Luna.“

„Das kann ich verstehen.“

Julius beschloss doch zu seiner Mama zu gehen, und es ihr zu sagen. „Du Mama, ich muss dir was sagen.“

„Hast du was angestellt?“, fragte seine Mama gleich.

„Du kannst dich doch noch an den süßen Hamster erinnern. Ich hab‘ ihn doch mitgenommen. Er sitzt im Schuhkarton. Aber stell dir mal vor, der kann sogar sprechen.“

„Ach, erzähl doch keinen Unsinn. Es gibt keine sprechenden Hamster.“

„Komm mit, ich zeig es dir.“

Julius und seine Mama kamen zu mir und Julius wollte, dass ich mit seiner Mama spreche. Doch ich traute mich nicht. Julius sagte, dass es nicht schlimm sei und streichelte mir den Rücken. Das fühlte sich gut an.

„Was du dir nur immer ausdenkst, Julius – sprechende Hamster.“

Als Julius‘ Mama aus dem Zimmer war, konnte ich wieder sprechen.

Ich fragte Julius, ob er mir nicht helfen könnte, dass ich Luna wieder finden kann.

Da sagte Julius: „Ich glaube, wir machen erst mal einen Steckbrief von dir und hängen den dann an jeden Laternenmast, ok?“

SUCHE LUNA

Name: Hugo Hamster
Augenfarbe: braun
Haarfarbe: grau mit weißem Bauch
Wohnort: bei Luna
Wo du mich findest: Familie Schlau,
Hinter den Bergen 100, Hamburg

„Wenn ich von der Schule komme, hänge ich die Zettel gleich auf“, sagte Julius.

Eine Woche später hat sich tatsächlich jemand gemeldet. Ein kleines Mädchen in Julius´ Alter. Julius´ Mama kam ins Zimmer und sagte, dass sich ein Mädchen vorgestellt hat und um 16 Uhr vorbei kommt. Ich konnte es kaum erwarten und piepste vor Aufregung.

Als es dann 16 Uhr war, klingelte es an der Tür, und ich hörte Julius´ Mama sagen: „Du kannst hoch gehen.“

Mein Herz pochte immer schneller und schneller, als die Tür von Julius´ Zimmer aufging. Endlich kam sie rein. Da rief sie: “Mein Zuckerstück, Hugo, da bist du ja! Wieso bist du weggelaufen? Ich bin so froh, dass ich dich wieder habe, mein Engel.“

„Ist das Luna?“, fragte mich Julius.

„Ja, das ist Luna.“

Ich freute mich so sehr, sie zu sehen. Ich dachte, ich sehe sie nie wieder. Später kam auch noch Julius´ Mama rein. Sie wunderte sich, weil ich so piepste. Ich freue mich so sehr, Luna zu sehen.

„Jetzt ist es wohl Zeit, Abschied zu nehmen“, sagte sie.

„Julius, du kannst ihn jederzeit besuchen kommen“, sagte Luna.

Und so habe ich Hugo, der Hamster, wieder zu Luna gefunden.

Julius kam immer wieder zu Besuch, und nach und nach wurden er und Luna die besten Freunde. Am schönsten ist, dass sie immer mit mir spielen.

Michelle Klatt (15)

Die Eisprinzessin

Es gab einmal eine Zeit, niemand kann genau sagen, wann es war, da waren vier Reiche auf einem einzigen großen Kontinent verteilt. Jedes Reich stellte eines der vier Elemente da. So gab es ein Erdenreich, ein Feuerreich, ein Wasser- und ein Luftreich. Diese vier Reiche wurden auch von vier großen Herrschern regiert. Die Legende besagt, dass sie die vier Söhne sein sollten, die bei einem Kuss von Sonne und Mond entstanden, aber von Lureniva ausgetragen wurden. Lureniva heißt unser Planet.

Schon nach kurzer Zeit wurden die vier großen Reiche bevölkert. Sie lebten friedlich. Es gab nur eine Regel: Niemand durfte sich in jemanden aus dem anderen Reich verlieben. Verstieß man gegen diese goldene Regel, so war man dem Tode geweiht.

Doch eines Tages geschah es, dass die Königstochter aus dem Luftreich etwas mit dem Königssohn des Wasserreiches anfing und nun ein Kind gebar, das weder zum Luft- noch zum Wasserreich gehörte. Als die Könige dies erfuhren, wurden sie wütend.

Nun aber erfuhren sie, dass auch im ‚normalen‘ Volk heimlich so etwas wie Unterrassen entstanden waren. Und dass es auch unter den anderen Königskindern uneheliche Kinder gab. Die Könige gerieten in Streit und entschieden, den Kontinent in acht Teile zu trennen.

Das erste Unterreich war das Eisreich, zu dem auch ich gehöre. Es entstand aus Verbindungen zwischen dem Wasser-

und dem Luftreich. Ich bin Selenia und das ist meine Geschichte. Sie beginnt an einem ganz besonderen Tag.

„Majestät! Majestät! Ihr habt verschlafen, Majestät!“

Langsam öffnete ich meine schweren Lider. Das Licht brannte in den Augen. Mit müder Stimme sagte ich: „Hmm.. Wie spät ist es denn, Söphria?“

Söphira war so etwas wie meine Zofe. „Halb neun, Hoheit“, antwortete sie relativ schnell. Meine Augen gewöhnten sich nun langsam an die Helligkeit, die durch die weißen Seidengardienen hindurch schien. Ich seufzte und setzte mich vorsichtig auf. Ich schlug die Bettdecke zur Seite und lehnte meine Beine über die Bettkante. Zena, eines meiner Hausmädchen, streckte mir ihre Hand entgegen. Ich ergriff sie und ließ mir von ihr hoch helfen. Ich hörte leises Quietschen und bemerkte, dass sich Söphria sogleich an meinem Kleiderschrank zu schaffen machte. Ich konnte beobachten, wie sie ein weißes Unterkleid und ein genauso weißes normales Kleid, dazu ein hellblaues Unterbrustkorsett, heraus kramte. Ich summte etwas, als Zena mir schon mal mein Schlafhemd auszog. Um ihr etwas dabei zu helfen, hielt ich meine Arme nach oben. Ich schaute ein wenig im Zimmer umher. Es war alles wie immer - mein silbernes, fein geschmücktes Himmelbett mit den weißen Vorhängen, die jeweils an den Säulen mit einer hellblauen Schleife befestigt waren, auf meiner weißen Matratze lag meine weiße Bettwäsche, und die Wände wurden auch von einer weißen Farbe geziert. Ich meine, ich liebe diese Farbe wirklich, aber wenn man sie jeden Tag sieht. Immer und immer wieder. Tag ein Tag aus. Überall wo man hinsieht. Dann ist die Farbe Weiß wirklich auf Dauer ziemlich langweilig. Aber was soll man von einem Eisreich erwarten? Eis ist nun mal hellblau und weiß. Genauso wie meine Haare.

Ein heftiger Druck riss mich aus meinem kleinen Tagtraum und wollte mich wieder mit der Realität foltern. Ich merkte, dass ich schon mein Unter- und Oberkleid trug, und Söphria anfing, mir mein Korsett zu schnüren. Erst fädelte sie, und dann zog sie. So ging es bestimmt zwanzig Mal, bis sie endlich fertig war, und ich merkte, wie sie eine kleine Schleife am Ende band. Auch wenn es ziemlich oft echt nervig drückte, so war es doch angenehm zu tragen. Ich mochte dieses eingeengte Gefühl.

Ich setzte mich auf den Stuhl, der direkt vor meinem Spiegel stand, und wartete bis Zena anfing, meine Haare zu kämmen. Ich betrachtete meine bleiche, ja schon fast porzellanfarbige Haut. Meine weißen Haare umrahmten mein Gesicht. Ich sollte als das schönste Mädchen im Eisreich gelten. Dabei hasse ich meine kleine, zierliche Gestalt. Weil ich als Kind oft krank war, durfte ich nur ganz selten raus. Es war eine Qual.

Zena flocht mir drei meiner vorderen Strähnen nach hinten. Dann übergab sie mir ein silbernes Kästchen mit feiner Verzierung. Ich öffnete es und setzte mir mein kleines silbernes Diadem auf. Es hatte drei blaue Steinchen, in der Mitte einen großen und links und rechts davon zwei kleinere. Es passte super zu meinen Haaren. Alles an mir passte zusammen, so wie gefrorenes Eis immer zusammen passt.

Ich ging ins Esszimmer und wartete darauf, meinen morgendlichen Tee zu bekommen.

Ich setzte mich an die Tafel aus Kirschholz und staunte wie jeden Morgen über die Länge dieses Tisches. Es hätten so viele Leute daran Platz und trotzdem aß ich immer einsam. Morgens, mittags und abends. Ich hatte nun mal keine Freunde oder Familie. Familie. Bei diesem Gedanken könnte ich anfangen zu weinen. Ich vermisse meine Eltern wirklich sehr. Sie sind damals im Krieg umgekommen.

Die genauen Gründe für diesen Krieg kenn ich nicht. Ich habe von meinem Vater damals nur erfahren, dass das Feuerreich uns wegen unserer Fähigkeiten nicht leiden kann. Wir sollten angeblich eine Bedrohung darstellen. Dabei sind wir so ein friedliches Volk.

Trotzdem kamen sie einfach in unser Reich und richteten meine Eltern und meine große Schwester hin. Söphria hatte mich damals versteckt. Seitdem hat sie sich wie eine Mutter um mich gekümmert. Trotzdem - sie haben meine Familie auf dem Gewissen!

„Ich verfluche dieses Feuerreich!“ , schrie ich aus Versehen laut.

„Eure Majestät, ist alles in Ordnung bei Ihnen?“, hörte ich es aus der Küche. Es kam von Zena.Ich versuchte, so schnell wie möglich, zu antworten: „Ja sicherlich doch. Tut mir wirklich leid, ich habe gerade zu laut gedacht. Verzeihung.“ Ich lächelte. Mir war das gerade echt ziemlich unangenehm. Ich musste damit aufhören. Sowas passierte mir leider viel zu oft. Nun stand Zena neben mir und stellte eine Tasse von ihrem Teewagen auf den Tisch. Vorsichtig goss sie den heißen Tee ein. Es dampfte aus der Tasse und der Dampf zog sich Richtung Decke. Komisch, wie vergänglich doch alles ist, dachte ich. Der Dampf wird aus der Hitze und der Kälte geboren und vom Wind sogleich wieder vernichtet. Aber vielleicht verschwindet er ja gar nicht, sondern verteilt sich nur so fein, dass wir ihn mit dem bloßen Auge nicht mehr sehen können. Ich war mir sicher, dass er noch existierte. Plötzlich machte mich Zena auf einen Umschlag aufmerksam, den sie in ihrer Hand hielt. Sie überreichte ihn mir. So vorausschauend, wie sie immer war, legte sie mir auch gleich einen Brieföffner dazu. Vorsichtig durchschnitt ich das Papier. Erst jetzt fiel mir dieses merkwürdige Siegel auf. Es stammte gar nicht von unserem

Eisreich sondern vom Luftreich! Ein Adler war darauf zusehen. Ich nickte und murmelte vor mich hin: „Der Adler, König der Lüfte. Stimmt."

Behutsam holte ich den Brief heraus. Ich knickte ihn auf. Mit zierlicher Schrift in Tinte stand dort Folgendes:

Liebe Prinzessin Selenia,
Du bist die Einzige, zu der ich mich jetzt in dieser Not noch wenden kann. Ich bin alt und kann leider nicht mehr viel tun. Ich weiß nicht, ob Du es mitbekommen hast, aber die vier Hauptreiche wollen Krieg anzetteln. Aber diesmal keinen zwischen zwei Ländern, sondern diesmal einen auf der ganzen Welt. Zuerst wollen sie sich verbünden und alle niederen Königreiche zerstören.
Prinzessin, ja auch euer Reich ist dem Untergang geweiht, wenn ihr jetzt nicht auf meinen Rat hört. Seid gewiss, dass wir aus dem Luftreich nicht auf Krieg aus sind, aber wenn sie uns angreifen sollten, können wir für nichts garantieren. Auch wir wollen leben.
Also tut bitte Folgendes: Reist in alle Länder und verbündet euch mit den Prinzessinnen und Prinzen, den Königinnen und Königen und stellt den Frieden wieder her. Reist zuerst in die friedlichen Länder, so wie dem Blütenreich oder dem Tierreich. Nehmt euch danach die anderen Länder vor. Von euch hängt unser aller Leben ab!
Eure hoffnungsvolle Königin Fureha.

Wieso wusste ich nichts von diesem Krieg? War nur unser Reich so ahnungslos oder auch die anderen Unterreiche? Eines war mir klar: Ich musste, um für mein Reich zu sorgen, losziehen. Ich musste es irgendwie schaffen, für den Frieden zu sorgen.

„Zena, ruf sofort alle Bediensteten in den Wohnbereich. In zehn Minuten sollen alle da sein“ , sagte ich mit ernster Stimme. Ich war fest entschlossen, noch heute aufzubrechen. Wer wusste schon, wann der Krieg anfing? Heute, morgen oder vielleicht erst in zwei Monaten? Es war egal, ich musste einfach so schnell wie möglich los. Ich ging schon mal langsam in den Wohnbereich. Schon nach kurzer Zeit standen alle meine Bediensteten dort verteilt und waren neugierig, worum es denn ging. Normalerweise hatten wir eher selten solche Versammlungen wie heute. Leise munkelten sie schon, worum es wohl gehen könnte.Ich hatte es mir auf einem hellblauen Sessel gemütlich gemacht. Als ich aber nun langsam aufstand, waren alle auf der Stelle mucksmäuschenstill. Ein tolles Gefühl irgendwie. Ich musste mir ein Lächeln verkneifen. Ich genoss meinen Stand als Prinzessin immer noch voll und ganz. Aber das war jetzt auch egal. Es gab Wichtigeres.

„Also“, fing ich an, „es ist so: Es soll wahrscheinlich ein Krieg ausbrechen. Deswegen werde ich losziehen müssen. Und das alleine. Die genaueren Umstände klären wir, wenn ich zurück bin. Das Volk darf aber erst einmal nicht erfahren, dass ich weg bin! Es ist wichtig, dass es geheim bleibt. Sonst könnte es passieren, dass die anderen Länder davon Wind bekommen und mich sofort hinrichten. Wie jeder weiß, ist es ja verboten in andere Länder einzuziehen. Ich möchte bitte, dass ihr jetzt meine Sachen packt. Ich weiß nicht, wann ich zurück sein werde.“

Alle starrten mich mit großen Augen und Entsetzen im Blick an. Ich wusste genau, was sie dachten. Was ist, wenn ich nicht zurückkomme? Aber dabei ging es natürlich nur darum, wer nach mir den Thron übernehmen würde.

„Wie ihr wünscht Majestät. Aber denkt daran, wir werden stets auf eure Rückkehr warten“, sagte Söphria entschlossen. Zena und Nevil nickten zustimmend.

Nevil war unser Küchenchef. Erst jetzt wurde ich mir dieser Situation so richtig bewusst. Irgendwie freute ich mich, endlich mal etwas Neues zu erleben, aber ich hatte auch ziemliche Angst davor. Ich wusste ja nicht, was auf mich zukommen würde.

Am Abend hatten meine Bediensteten alle meine Sachen fertig gepackt und mich auch mit Proviant versorgt. Ich zog mir meinen weißen Umhang an. Er bestand nur aus einer Kapuze und ging bis auf den Boden. Natürlich war auch er weiß.

Sie sattelten mir meinen großen weißen Schneetiger namens Sira, und dann ging es auch schon los. Sira war ein Weibchen und hatte lange Eckzähne, fast wie von einem Säbelzahntiger. Sie war auch größer als andere Tiger, ungefähr so groß wie ein ausgewachsenes Pferd.

Als ich aus dem Schloss ging, war Sira schon startklar. An ihrem Sattel befanden sich große Seitentaschen, worin meine Sachen Platz fanden. Alle meine Bediensteten liefen schnell nach draußen, um sich noch einmal von mir zu verabschieden. Sie lächelten mir aufmunternd zu. Söphria kam als Letztes aus dem Schloss und umarmte mich.

„Macht es gut, Prinzessin. Und bitte, bitte kommt heil wieder zurück!“, sagte sie fast weinend.

Ich nickte kurz. Ich wollte nicht viel mehr reden als nötig. Ich hatte Angst davor zu weinen. Das wollte ich nun wirklich nicht. Also stieg ich auf Sira. Ich trieb sie leicht mit meiner Hacke an, und sie lief los. Ich konnte in der Dunkelheit noch erkennen, wie mir die anderen winkten. Sira lief ziemlich schnell. Es schneite. So wie fast immer. Aber heute war es irgendwie schlimmer als sonst, ein richtiger Schneesturm. Ich trieb Sira an, schneller zu laufen, und lehnte mich mehr nach vorne. Es dauerte nicht lange, bis ich bald kein einziges Haus mehr sehen konnte. Es war nur noch eine einzige Schneelandschaft. Und auch wenn ich kaum etwas durch die ganzen Schneeflocken erkennen konnte, sah ich in der Ferne Berge. Das Gefährliche an dieser schönen Landschaft war, dass man nie wusste, ob man sich auf festem Boden befand oder nur auf einer dicken, oder vielleicht sogar dünnen Eisschicht. Aber wir liefen weiter. Ich griff kurz nach hinten und holte meinen Kompass aus der Satteltasche. Es war wichtig, dass ich in dieser Gegend niemals die Orientierung verlor. Es hätte den Tod bedeutet. Es dauerte zwei Tage, bis wir endlich aufs Meer blicken konnten. Es war ein herrlicher Anblick. Auch wenn wir uns immer noch auf unserem Land befanden, und es immer noch so eiskalt war, war es trotzdem wunderschön. Ich konnte die Eisbären beobachten. Überall waren Eisschollen über dem Wasser verbreitet. Es wirkte so, als seien wir die Einzigen auf diesem Meer. Ich konnte eines unserer Eisboote sehen. Sie waren aus weißem Holz mit blauer Musterung. Ich stieg in das Boot und merkte, wie es dunkel wurde. Ich musste mich beeilen, bevor ich bald gar nichts mehr sah. Es dauerte etwas, bis Sira auch in das Boot stieg. Ich gab ihr ein Zeichen, dass sie sich hinlegen sollte. Irgendwann tat sie das auch. Ich kann mir vorstellen, wie schrecklich es für eine Katze sein muss, in einem Boot zu sein. Aber sie musste da nun mal durch.

Ich löste mit schnellen Griffen das Boot vom Ufer, und es schwamm los. Es war etwas nervig, durch die Eisschollen zu treiben, aber wenn man sie mit dem Paddel beiseiteschob, kam man gut durch. Ich schaute auf meinen Kompass und drehte das Boot so, dass es Richtung Osten zeigte, und dann ging es los. Jetzt wurde aufs Blütenreich gesteuert. Wir trieben die ganze Nacht und den halben Tag übers Meer. Ich war so müde. Ich kuschelte mich an Sira und schlief ein. Ich träumte von damals. Von dem Krieg. Von meiner Familie. Es wiederholte sich alles. Ein lauter Prall erlöste mich aus diesem Albtraum. Ich öffnete langsam meine Augen. Ich schaute mich um und bemerkte, dass unser Boot gegen eine Felsenküste schlug. Wir waren am Blütenreich angekommen. Ich stieg aus dem Boot und ging an den Felsen vorbei Richtung Strand. Sira folgte mir aufmerksam. Jedoch fand sie es wohl nicht so toll, durchs Wasser gehen zu müssen. Als ich über den gelb-weißen Strand ging, war ich hin und weg. Er war so weich und warm. Vor Begeisterung zog ich mir meine Stiefel aus und lief barfuß über den Sand. Es war ein großartiges Gefühl. Der ganze feine Sand blieb an meinen nassen Füßen kleben. Ich richtete meinen Blick nun geradeaus und sah einen Wald aus Kirschblütenbäumen und anderen Bäumen, die Blüten trugen. Ich hatte diese Bäume zwar schon in Büchern gesehen, aber den Blütenwald real zu sehen, war umwerfend. All diese rosafarbenen und weißen Blüten. Sie fielen wie Schnee langsam auf den Boden. Ich hatte noch nie so viel Schönheit gesehen. Und das sollte alles bald zerstört werden? Das konnte ich nicht zulassen. Ich musste auf jeden Fall die Prinzessin finden und sie zu unserer Verbündeten machen. Ich wollte gerade Richtung Wald gehen, als ich mich nach Sira umdrehte und bemerkte, dass sie weg war. „Oh nein“, flüsterte ich.

So schnell ich konnte, lief ich in den Wald. Ich musste aufpassen, dass ich mich nicht in der Vielfalt dieser wunderschönen Bäume und Blumen vergaß. Auf einmal konnte ich leises Schnurren wahrnehmen. Eine große Trauerweide hing mir im Weg. Ich versuchte, durch das enge Gesträuch zu klettern und fand mich im nächsten Moment auf einer großen hellen Lichtung wieder. Überall standen Blumen. Die eine schöner als die andere. Ich wandte den Blick etwas und konnte nun endlich meine geliebte Tigerin erblicken. Sie wurde von einem Mädchen gestreichelt, mit langem rosafarbenem Haar und mit einem Kimono bekleidet. Er war mit rosa und lilafarbenen Blumen geschmückt. Er passte super zu ihr. Ich sah, wie sie meine Tigerin anlächelte. So gutherzig!

Sie schaute sich neugierig nach mir um.

„Ist das euer Tiger?", fragte das Mädchen etwas grimmig. Ich antwortete stotternd: „J-ja."

„Dachte ich es mir doch! Aber was machen hier Leute aus dem Eisreich? Soll das etwa ein Angriff werden? Ihr seid doch alle gleich! Ihr seid alle so wie dieses elende Erdenreich!" Ich schaute sie mit großen Augen an.

„Ich möchte hier niemanden angreifen. Ich wollte lediglich mit eurer Prinzessin sprechen. Ist sie hier in der Nähe aufzufinden?", fragte ich schließlich leise.

„Sie steht vor euch", antwortete sie.

Ich trat näher an sie heran. „Eure Majestät!" Ich machte einen tiefen Knicks.

„Ich bin Prinzessin Selenia aus dem Eisreich. Es ist mir eine Ehre. Ich möchte mit euch reden. Ginge das?"

Sie schaute mich prüfend an, bis sie anfing zu sprechen.

„Sind hier noch andere? Krieger oder Leibgarden?"

Ich schüttelte den Kopf. Sie seufzte erleichtert.

„Entschuldigt die Unannehmlichkeiten. Aber erst letzte Woche kamen Spione aus dem Erdenreich. Also seid, was das Vertrauen angeht, etwas nachsichtig mit uns."

Ich verstand ihre Worte vollkommen. Ich denke, ich hätte in ihrem Fall genauso reagiert. Ich nickte, um ihr mein Verständnis zu zeigen. Sie führte mich in ein großes Schloss. Es war etwa so groß wie das meine aber dennoch total anders. Überall war es mit schönen Wildrosen bewuchert. Aber es störte keinesfalls, es unterstrich nur die Schönheit dieses Palastes. Wir gingen an einem Garten vorbei, und ich folgte ihr durch ein großes Tor in das Schloss. Alles hier war so liebevoll und warm. Ich kann es einfach nicht beschreiben.

„Elora, wärst du so freundlich und bringst uns etwas Kamillenblüten-Tee in den Pavillon?", rief die Prinzessin. Es kam ein „Wie ihr wünscht Majestät" zurück. . Irgendwie war es ja schon komisch, dass hier mal nicht ich sondern jemand anderes die angesehenste Person war.

Ich folgte der Prinzessin weiter in einen Garten. Sie lief auf einen großen, wunderschönen weißen Pavillon zu. Mit eleganten Schritten ging sie hinein und setzte sich auf einen dunkelbraunen Holzstuhl an einen kleinen Tisch aus demselben Material. Ich setzte mich ihr gegenüber und schaute mich um. Ich war echt froh, dass sie dafür gesorgt hatte, dass Sira in einem ihrer Ställe erst einmal fressen und schlafen konnte. Genau das brauchte sie auch. Wir mussten ja spätestens am nächsten Morgen wieder los. Ich verlor mich ganz, als ich die Blumenvase bewunderte, die auf dem kleinen Holztisch stand. Ich konnte ein leises, etwas weiter entferntes Klirren hören. Ich schaute zum Pavilloneingang und bemerkte das Hausmädchen. Wie war noch gleich ihr Name? Elora. Sie trug ein Tablett mit sich, worauf ein vollständiges Teeservice stand. Mit leichten Schritten ging sie auf uns zu, und als sie schließlich ankam, stellte sie das Tablett auf die Mitte des Tisches und schob dabei die Blumenvase etwas beiseite.

Sie schenkte zwei Tassen ein und entfernte sich mit dem Tablett und mit einer leichten Verbeugung. Bildete ich es mir nur ein oder warf sie mir ein paar böse Blicke zu? Oder war sie bloß verwirrt? Aber das spielte jetzt keine Rolle. Ich schaute auf meinen Tee. Dann sah ich zur Blumenvase und konnte nicht anders, als sie wieder in die Mitte zu stellen. Dort gehörte sie nun mal hin.

„Die Gerüchte über das Eisland stimmen also. Ihr seid wirklich überordentlich und Perfektionisten."

Ich schaute die Prinzessin sichtlich verwirrt an. Was meinte sie damit? Aber wenn ich so überlegte, hatte sie Recht.

„Kann schon sein", antwortete ich zögernd. Irgendwie war mir das jetzt unangenehm. Ich durfte aber nicht vergessen, wieso ich eigentlich hier war. Ich nahm meinen Umhang ab. Es war ziemlich warm im Gegensatz zu meinem Reich.

„Kommen wir mal lieber zu dem Thema, warum ich überhaupt hier bin. Also Prinzessin...Ähm?" „Lunea", antwortete sie kurz.

„Prinzessin Lunea, es ist so: Ich weiß nicht, ob ihr es mit bekommen habt, aber die drei Großreiche, Feuer-, Erden- und Wasserreich, haben sich zusammen getan, und sie wollen bald die Unterreiche, wie es die unseren sind, auslöschen. Zudem wollen sie, wenn sie dieses Ziel erreicht haben, sich untereinander so lange bekriegen, bis nur noch ein Reich übrig ist. Die Königin Fureha des Luftreiches schrieb mir, ich solle so viele Verbündete wie möglich finden, und mit allen Prinzen und Prinzessinnen reden, damit sie vielleicht ihre Eltern dazu überreden, den Frieden zu bewahren. Es ist mir wirklich sehr wichtig. Ich meine, ihr wollt doch auch nicht, dass diese Vielfalt und Schönheit in eurem Reich einfach so zerstört wird. All diese Blumen werden nur graue Erinnerung sein. Es wird in diesem Reich nichts als Asche übrig bleiben. Also, ich bitte euch Prinzessin, helft uns allen! Lasst uns Verbündete werden!" Während ich redete, stand ich auf. Ich wollte, dass alles so bleiben konnte, wie es war. Ich wollte alles bewahren und beschützen. Ich verspürte so einen starken Drang danach, dass es mich fast erstickte. Man kann es kaum beschreiben.

Auch sie stand nun auf. Und sie sagte genau das, was ich mir gewünscht hatte:

„Selenia, solltet ihr mit dem, was ihr sagt, wirklich Recht haben, und das glaube ich, dann werde ich euch so viel helfen, wie es nur geht! Auch ich möchte mein Volk beschützen."

Es war das erste Mal, dass wir uns so nah standen. Ich bemerkte, dass sie hellgrüne Augen hatte, in denen ein Blumenmuster zu sehen war. War es etwa auch in anderen Reichen so, dass man in den Augen die Herkunft sah? Darüber wusste ich ja gar nichts.

„Also wärt ihr bereit, gemeinsam mit mir in die anderen Länder zu reisen? Ich denke, ihr wärt mir eine große Hilfe", fragte ich sie.

Eben noch schien sie ganz motiviert, doch nun sagte sie:

„Es tut mir wirklich sehr leid, Selenia, aber das geht nicht. Ob ich will oder nicht, es ist mir nicht möglich."

„Aber wieso?", fragte ich total aufgelöst.

„Tut mir leid, aber es gibt gewisse Gründe, die mich und mein Volk betreffen, die ich nicht weiter erläutern möchte", antwortete sie leicht gereizt.

Wofür war ich dann hergekommen? Ich wollte mich voll und ganz für mein Volk opfern. Wieso wollte sie nicht dasselbe für das ihre tun? Sie war doch eine Prinzessin, dann war es doch ihre Aufgabe oder etwa nicht?

„Und was soll ich jetzt tun? Was wird aus mir und meinem Volk?", sagte ich leicht jammernd.

Sie antwortete sehr schnell und wütend: „Das ist mir egal!" Sofort verstummte alles in mir. Ich blieb regungslos stehen. Was sollte ich noch antworten? Nach einer gefühlten Ewigkeit des Schweigens brach ich die Stille.

„Und was wird aus euch und eurem Volk? Es wird zerstört. Genauso wie das meine." Ich hatte Tränen in den Augen. Das alles sah vielleicht nur aus wie eine kleine Auseinandersetzung, aber es war mehr. Viel mehr. Das Leben von Millionen von Menschen lag in unserer Hand. Alleine konnte ich nirgends sonst anreisen. Sie würden mir nicht glauben. Sie würden denken, dass ich eine Spionin aus meinem Reich sei. Aber mit einer anderen Prinzessin würden sie mir vielleicht Glauben schenken. Jedenfalls standen die Chancen dann viel höher. Lunea schaute mich ganz erbost an. Plötzlich blickte sie zur Seite.

„Was mit mir und meinem Volk passiert, geht euch gar nichts an!", schrie sie.

Nun verwandelte sich meine Trauer in Wut.

„Prinzessin! Denkt doch mal nach! Wie töricht seid ihr eigentlich?! Seid ihr euch etwa zu fein, um zu reisen? Glaubt ihr, mir macht das Spaß? Nein, ganz und gar nicht!"

Ich fing an zu weinen, „Ich muss es aber tun! Für mich und mein Volk. Und eure Aufgabe ist es eigentlich auch! Ihr seid so selbstsüchtig! Wie könnt ihr n-. ."

Sie unterbrach mich: „Ihr versteht gar nichts!"

Wütend verließ sie den Pavillon und ließ mich allein zurück. Ich sank auf meine Knie, begrub mein Gesicht in meinen Händen und weinte. Nun war alles vorbei. Einfach alles. Es verging bestimmt eine halbe Stunde, bis ich zu dem Entschluss kam, erstmal nach Sira zu schauen. Ich schlich leise in ihren Stall. Als ich reinkam, fing ich wieder an zu weinen. Sira hatte so etwas Vertrautes. Ich kuschelte mich an sie und roch an ihr. Sie roch nach Zuhause. Es war wohl ihr mütterlicher Instinkt, dass sie anfing mich abzulecken. Aber es beruhigte mich etwas. Irgendwann legte sie sich hin, und ich lag sanft in ihr Fell eingekuschelt. Kurz bevor ich einschlief, dachte ich noch an zuhause. An Söphria und die anderen. Ich vermisste sie wirklich. Ich dachte an die letzten paar Tage und schlief langsam ein.

Ich hörte ein lautes Poltern und wurde davon wach. Ich schreckte leicht hoch, sah mich um und merkte, dass draußen ein mächtiger Sturm wütete, und die Stalltür immer wieder auf und zu schlug. Jemand war hier gewesen! Aber wer wohl? Zudem bemerkte ich, dass es noch dunkel draußen war. Wer sollte hier nachts herkommen wollen? Ich stand sofort auf. Vielleicht war die Person noch in der Nähe. Es fiel mir etwas schwer, das Scheunentor zu öffnen, weil der Wind so stark dagegen schlug, aber ich bekam es schließlich auf. Ich sah mich draußen um. Der Wind drückte mir meine Haare ins Gesicht, bis ich sie mir hinter die Ohren klemmte. Ich konnte nichts Auffälliges erkennen. Doch plötzlich sah ich ein hellrosa Gewand. Ich folgte der Person, die es trug. Sie verschwand um eine Ecke. Als ich ihr vorsichtig nachlief, konnte ich rosafarbene Haare im Wind wehen sehen. Prinzessin Lunea? Doch ehe ich mich versah, war sie in einem kleinen Palais verschwunden. Sollte ich sie wirklich weiter verfolgen? Ich weiß nicht wieso, aber ich hatte ein komisches und dennoch sehr sicheres Gefühl, dass ich es tun musste. Ich folgte ihr zum Eingang des Palais und wartete ein paar Sekunden. Ich öffnete ganz leise die Tür und schlich mich durch einen schmalen Spalt. Als ich versuchte, die Tür wieder genauso leise zu schließen, knallte sie etwas zu.

Ich blieb auf der Stelle stehen und wartete. Doch so, wie es aussah, hatte mich niemand gehört. Ein Glück! Instinktiv lief ich eine breite Treppe hoch. Dort führten zwei Gänge in einen linken und einen rechten Flügel. Ich entschied mich für den rechten und lief weiter. Alles war dunkel, nur leichtes Mondlicht schimmerte durch die vielen Fenster. Als ich den Flur weiter entlang lief, hörte ich ein leises Wimmern. Ich blieb stehen. Ich erkannte die Stimme. Es war die von Lunea. Ich ging dem Geräusch nach und blieb an der Tür stehen, wo es am lautesten zu hören war. Ich bemerkte, dass diese Tür einen leichten Spalt geöffnet war und horchte. Ich hörte mein Herz ganz laut klopfen. Irgendwie hatte ich schon ziemliche Angst, erwischt zu werden. Aber die Neugier in mir war größer. Ich öffnete diesen kleinen Spalt etwas mehr und konnte in dem erleuchteten Raum auch etwas erkennen. Lunea saß weinend an einem Bett. In diesem Bett lag ein Mann mittleren Alters. Sie saß auf der Bettkante und hielt seine Hand.

„Oh Vater. Ich wünschte mir so sehr, du würdest aufwachen. Der Arzt sagt, dass du vielleicht gar nicht mehr aufwachst. Aber warum nur? Ich versteh das alles nicht. Warum tut man so etwas? Wieso darf ich nicht glücklich sein? Nur weil ich die Prinzessin des Blütenreiches bin? Dabei haben wir nie jemandem etwas getan. Nie…“

Ihre Worte riefen Tränen in mir hervor. Ich musste an die Zeit denken, als ich genauso um meine Eltern trauerte. Es tat weh. Ich verstand ihren Schmerz. Ich öffnete leise die Tür und ging auf Lunea zu.

„Was macht ihr hier? Ich dachte, ihr schlaft!“
Sie sah mich etwas erschrocken an und wischte sich ihre Tränen an ihrem rosafarbenen Nachthemd ab. Ich ließ mich nicht beirren und umarmte sie.

„Ich weiß, was ihr fühlt“, sagte ich. „Es ist schwer, jemanden zu verlieren, den man liebt. Meine Eltern wurden mir auch genommen.“

Ich wusste nicht wieso, aber ich wollte ihr um jeden Preis helfen. Auch wenn sie nicht zu meinem Volk gehörte. Sie fing an zu weinen.

„Dieser Schmerz vergeht auch nicht“, sagte ich, und sie weinte lauter. „Aber man kann ihn lindern. Man kann diesen

Schmerz mit Liebe ersetzen. Auch wenn das eure Eltern nie ersetzen wird. Es tut mir so leid. So etwas hätte euch nicht widerfahren sollen. So etwas hätte niemandem widerfahren sollen.“ Sie umarmte mich nun auch.

„Aber wieso tun sie so etwas?“, fragte sie mich.
Ich antwortete zitternd: „Weil wir in deren Augen Fehler sind, die nie hätten passieren sollen. Auch wenn es schon Tausende von Jahren her ist, sind wir trotzdem nur Unterrassen.“

Nun weinte auch ich. Ich wusste nicht einmal, was mit ihren Eltern passiert war, aber ich fühlte mich ihr sehr verbunden. Als wären wir Schwestern. Es war, als sei alles, was am Vormittag geschehen war, wie vergessen.

„Magst du mir sagen, wer deinen Eltern das angetan hat?“, fragte ich.

„Das Erdenreich. Sie vergifteten meine Eltern und auch mich. Wir hatten noch ein wenig des Gegengiftes da, aber es reichte nur für mich, und meine Mutter bestand drauf, dass mein Vater den letzten kleinen Schluck trank. Doch leider genügte es nicht für die volle Genesung. Er schläft nur noch und wacht nicht mehr auf. Der Arzt meint, sein Zustand wird von Tag zu Tag schlimmer. Es könnte sein, dass seine Lungen schon morgen versagen. Das Gift zerstört seinen Körper ganz langsam von innen. Meine Mutter starb vor drei Jahren. Solange schläft mein Vater auch schon.“

„Das hört sich ja grausam an Lunea… Aber denkst du nicht, dass, wenn du mitkommst, wir vielleicht noch rechzeitig das Gegengift finden könnten?“

„Glaubst du? Aber was ist, wenn er stirbt, während ich weg bin?“ Sie schaute mich fragend an.

„Dann weißt du, dass du es versucht hast. Aber stell dir vor, du schaffst es rechzeitig und kannst wieder glücklich mit deinem Vater zusammen leben? Wäre das nicht schön?“

„Vielleicht hast du Recht“, sagte sie nachdenklich.

„Außerdem würde er, wenn ich nichts tue, so oder so sterben.“

Ich merkte, dass sie mich nun endlich verstand. „Ich komme mit dir!“, sagte sie fast wieder lächelnd, als sie ihre Tränen wegwusch. Trotz ihrer Reife war sie erst sechzehn, so wie ich.

„Ich verabschiede mich kurz, und dann packe ich meine Sachen und mach mich fertig.“

Sie war total willensstark und keinesfalls selbstsüchtig. Da fiel mir ein: „Ach ja. Ich wollte mich noch bei dir entschuldigen. Ich nehme alles zurück, was ich gesagt habe. Mich überkam nur etwas Trauer, woraus schließlich Angst wurde.“

Sie nickte und auch sie entschuldigte sich bei mir. Dann verließ ich den Raum und ging Richtung Stall zurück. Ich musste Sira satteln. Ich war wirklich glücklich. Es gab eine Chance für mich und mein Volk. Und auch für Lunea und ihren Vater.

Es dauerte etwas, bis Lunea zu mir kam. Sie war nun wieder in einen Kimono gehüllt, der aber an den Knien gekürzt war. Sie trug ein Schwert bei sich und Ballerina-Schuhe. Ich merkte, dass sie bereit war und nicht wirklich vorhatte zu sterben.

„Ich mach noch eben meinen Drachen fertig“, sagte sie.

„Drache?“, fragte ich neugierig. Sie nickte und pfiff einmal ganz laut. Es dauerte etwas, bis ich ein lautes Flügelschlagen hörte. Ein großer Drache landete neben ihr. Er war türkis, hatte große schwarze Augen und zwei Fühler am Kopf. Die Flügel waren nicht nur türkis, sondern hatten eine schöne rosa, lila, blaue und grüne Musterung. Er war wunderschön.

„Das ist Flaira, mein Schmetterlings-Drache. Nur denen aus der Königsfamilie ist es vergönnt, auf ihnen zu reiten.“ Lunea lächelte.

Ich war hin und weg. Es war ja so spannend, andere Reiche kennen zu lernen.

„Also, wollen wir los?“, fragte ich sie.

„Auf jeden Fall! Je schneller, umso besser!“, antwortete sie entschlossen und stieg auf ihren bunten Drachen. Sie gab einen leisen Laut von sich und schon erhob sich der Drache und fing an, mit den Flügeln zu schlagen. Es dauerte etwas, bis er abhob. Auch ich setzte mich auf meine Tigerin. Ich drückte meine Hacke leicht gegen ihren Bauch, und sie lief los.

Wir brauchten mein Boot nicht mehr, denn wir ritten nun über die Erde, während Lunea und Flaira über uns flogen. Wir liefen immer weiter Richtung Sonnenaufgang, dort, wo das Feuerreich lag.

(Fortsetzung geplant.)

In unseren Strassen und Klassenräumen

Tabea Köttner (15)

Der Blobbel

Ich sitze auf einem der viel zu harten Stühle des Holly Gibberts Gymnasiums, kurz HGG, im Rotbuchental. Der schlimmste Ort auf der ganzen, weiten Welt. Zumindest für ein sechzehnjähriges, unmodisches, nicht reiches und in allen Angelegenheiten höchstens nur durchschnittlich begabtes Mädchen wie mich. Ich bin immer die Erste im Klassenraum. So habe ich jeden Morgen etwas Zeit für mich und kann mich für den bevorstehenden Tag wappnen.

Ich seufze laut auf, dann schiele ich auf die große Uhr an der Wand. 8:45 Uhr. In fünf Minuten werden auch die anderen nach und nach eintrudeln. Ich schließe die Augen und fange an meine Schläfen zu massieren.

„Bitte, bitte Lieber Gott, was habe ich getan, dass du mich so hart bestrafst? Das ist doch nicht fair! Immerhin gehe ich jeden Sonntag in die Kirche!“, murmele ich vor mich hin.

Plötzlich wird die Klassenzimmertür mit einem lauten Krachen aufgetreten. Eine Horde grölender und tratschender Jugendlicher stürmt herein.

„Los geht's! Auf in den Kampf!“, mache ich mir selber Mut. Ich löse die Finger von meinen Schläfen und öffne die Augen, doch kaum sind meine Lider oben, will ich sie am liebsten gleich wieder schließen. Ich blicke direkt in das fiese Gesicht von Tommy. Es zieht sich ein schmieriges Grinsen über seine kantige Visage.

„Na, Müllsack?“, fängt Tommy gleich an. „Was haste denn da schon wieder an?“, lacht er hämisch.

Von links bahnen sich schlecht wasserstoffblond gefärbte

Haare und ein pinkfarbener Lolipop-Mund an. In meinem Kopf springen augenblicklich sämtliche Alarmanlagen an. Anna! Anna ist die gemeinste und zickigste Person, die ich kenne. Leider ist sie aber auch das Alpha-Tier in unserer Klasse, was bedeutet, dass alle nach ihrer Pfeife tanzen. Einfach schrecklich! Obendrein ist sie auch noch mit Tommy zusammen. Einzeln sind die beiden schon eine Plage, doch zusammen sind sie das personifizierte Grauen.

„Ist das etwa aus der neuen Kollektion von Oskar?“, begrüßt mich Anna.

Ich guckte sie fragend an. Ich habe wirklich null Ahnung, wenn es um Mode geht, aber ich bezweifle, dass ich irgendwelche Designerklamotten besitze… Ach Quatsch, was denke ich denn, das ist doch bestimmt nur wieder eine von Annas blöden Sticheleien.

„Na, du weißt schon… von der Sesamstraße… Oskar halt, der Typ, der in einer Mülltonne wohnt“, klärt mich Anna schnippisch auf.

War ja klar! Ich beiße mir auf die Lippen, um mir eine patzige Antwort zu verkneifen. Zwar würden Anna und Tommy zu blöd sein, um den Inhalt einer meiner Antworten zu verstehen, aber sie würden ohne jeden Zweifel bemerken, dass ich sie auf irgendeine Art beleidigt habe. Und ich kann wirklich kein blaues Auge von Tommy gebrauchen. Nicht schon wieder. Ach ja, ich glaube ich habe vergessen anzumerken, dass solche Leute wie Tommy und Anna der Hauptgrund sind, warum ich jeden Tag überpünktlich in der Schule erscheine. Es soll keiner wissen, dass ich das Mobbingopfer der ganzen Klasse bin. Für die anderen soll es so aussehen, als ob ich ein normales Mädchen bin, das super gern zur Schule geht. Die “anderen“ sind in diesem Fall die Lehrer und meine Eltern. Sie sollen sich keine Sorgen um mich machen.

Erneut wird die Tür schwungvoll geöffnet. Unser Englischlehrer betritt mit hastigen Schritten den Raum.

„Good morning, everybody!“, begrüßt er uns enthusiastisch in schlechtem Englisch. Wie auf Knopfdruck erwidert die ganze Klasse monoton: „Good morning, Mister Müller.“

Alle setzen sich auf ihre Stühle. Nur Anna und Tommy stehen noch immer planlos vor meinen Tisch rum.

„Anna, Tommy, die Stunde hat begonnen. Take your seats, please!”

Die beiden bewegen sich ohne jeden Kommentar zu ihren Plätzen.

„So, kommen wir nun zu den Hausaufgaben... Anna, Sie können mir doch bestimmt Ihre Zusammenfassung des Textes, den sie lesen sollten, vorstellen, richtig?“, fährt Mister Müller mit seinem Unterricht fort.

„Tut mir leid Mister Müller, aber die tolle Zusammenfassung, die ich geschrieben habe, hat mein Chihuahua gefressen“, sagt Anna, während sie wie verrückt mit ihren Wimpern klimpert.

„Schon wieder?“, fragt der Lehrer ungläubig. „Na, dann werde ich heute Nachmittag mal mit Ihren Eltern telefonieren und erzählen, dass Sie schon zum wiederholten Male keine Hausaufgaben vorzeigen können.“

„Aber, aber das ist nicht fair! Ich habe die Hausaufgaben doch gemacht!!“, beschwert sich Anna.

Doch Mister Müller hat sich schon von Anna weggedreht. „Tommy... haben Sie Hausaufgaben vorzuweisen?“

„Ähem...nein...“, stammelt Tommy.

„Lassen Sie mich raten... Ihre Hausaufgaben wurden von einem Dinosaurier gefressen?“, unterbricht Mister Müller Tommy mit einem ironischen Tonfall in der Stimme.

„Stimmt... aber woher wissen Sie das?“, fragt Tommy.

Die ganze Klasse fängt an zu lachen. Auch ich kann mir ein Grinsen nicht länger verkneifen. Doch Mister Müller findet das anscheinend gar nicht so lustig. Er verdreht kurz die Augen und wendet sich dann, ach du Schreck! mir zu!

„Leonora bitte, bitte sagen Sie mir jetzt nicht auch noch, dass Ihre Hausaufgaben von einem Huhn aufgepickt wurden", klagt er verzweifelt.

„Nein Sir, das wurden sie nicht, aber ich habe sie vergessen", erwidere ich kleinlaut. „Ach Leute, ist das euer Ernst? Da ja anscheinend keiner von euch die Hausaufgaben gemacht hat, bekommt ihr alle einen Strich und fertigt die Hausaufgabe zu morgen an, plus die Hausaufgaben, die ihr heute noch aufbekommt", sagt Mister Müller entschieden.

Ein lautes Stöhnen geht durch die Klasse. Drei oder vier Leute rufen: „Das ist doch nicht fair!"

Unser Englischlehrer lässt das für ungefähr drei Minuten zu, dann schreitet er ein: „Leute werdet mal wieder still! Ihr könnt euch gerne bei den Dreien hier vorne bedanken, aber erst in der Pause", versucht Mister Müller die Klasse zum Schweigen zu bringen.

Ich spüre vierundzwanzig Augenpaare, die mit vollem Hass auf meinen Rücken starren. Ich rutsche noch etwas tiefer in meinen Stuhl. Na, toll! Das steigert meine Beliebtheit nicht gerade. Doch nach und nach wird es wieder ruhiger und Mister Müller gibt uns Aufgaben im Buch, die wir den Rest der Stunde bearbeiten sollen. Ich kauere mich so tief über meinen Block, wie es geht. Ich versuche mich, nur auf die Aufgabe zu konzentrieren und meine mich hassenden Klassenkameraden zu ignorieren. Aber irgendwie klappt das nicht richtig. Ich habe es langsam echt satt. Satt, gehasst zu werden. Satt, so zu tun, als ob alles in Ordnung wäre. Denn das ist es nicht. Endlich klingelt es zur Pause, und ich stopfe Buch, Block und

Stifte, so schnell es geht, in meine Schultasche, dann renne ich aus dem Klassenraum.

Normalerweise würde ich zu den Mädchentoiletten rennen und mich in einer Kabine einschließen. Dort würde ich dann mein Schulbrot mutterseelenalleine essen und warten, bis ich wieder in den Unterricht muss. Aber heute geht das leider nicht. Ich habe vor zwei Wochen an einer schulinternen Lateinprüfung teilgenommen, und heute ist die Preisverleihung. Also stapfe ich die Schulstraße Richtung Aula entlang.

Die Aula im Gymnasium ist groß und sehr hell, was zum Teil an den großen Fenstern, zum anderen Teil an der weißen Wandfarbe liegt. Dafür hat unsere Aula keine Bühne. Der ganze Boden ist mit beigen Fliesen verlegt. Für Veranstaltungen werden gut zwei Drittel des Raumes mit Stühlen ausgestattet. Es sind genau die harten Stühle, die man auch in jedem Klassenraum vorfindet. Wahrscheinlich kann sich unsere Schule einfach keine besseren Stühle leisten. Die Teilnehmer der Prüfung müssen sich in die erste Reihe setzen. Das hat der Schuldirektor so angekündigt. Also belege ich zusammen mit zwanzig weiteren Teilnehmern die komplette erste Reihe. Ich kenne keine der weiteren Teilnehmer. Vielleicht gehen welche in meine Klasse, oder meine Parallelklasse. Aber selbst wenn, das würde mich auch nicht interessieren. Ich bin für meine Mitschüler doch nur eine Lachnummer. Ich bin mir sicher, dass alle hinter meinem Rücken über mich lästern. Genau deshalb will ich auch nichts mit anderen Jugendlichen zu tun haben. Lieber verstecke ich mich Tag für Tag auf meinem Zimmer, lese oder höre Musik. Jetzt sitze ich also hier zwischen einer Masse von Leuten, die mich hassen, und mit denen ich nichts zu tun haben will. Ich starre auf die Schuhspitzen meiner Turnschuhe und warte sehnsüchtig darauf, diese Preisverleihungen hinter mich zu bringen. Endlich betritt der Schuldirektor die Aula und stellt sich mit einem Mikrofon vor die erste Stuhlreihe. „Herzlich Willkommen bei dieser Pflichtveranstaltung für die Mittelstufe unserer Schule“, eröffnet er die Verleihung. „Wir haben uns heute hier versammelt, um die Schüler und Schülerinnen zu ehren, die die freiwillige Lateinprüfung erfolgreich bestanden haben!“ Bei diesen Worten bricht lauter Jubel in der Aula aus. Der Direktor wartet, bis es wieder stiller wird, dann redet er weiter. „So kommen wir nun ohne große Umschweife zu den Plätzen fünfzehn bis zwanzig. Dazu bitte ich nach vorne zu kommen: Cornelia Drexler, Felix Baumhof…“

Nach jedem genannten Namen erhebt sich ein Schüler oder eine Schülerin und nimmt eine Urkunde und einen kleinen Preis entgegen. Und so geht es dann die ganze Zeit weiter. Als nächstes kommen Platz zehn bis vierzehn, dann sieben bis neun und so weiter. Schließlich sind nur noch drei Schüler übrig. Ein Junge mit Nickelbrille, lockigen, schwarzen Haaren und gelbem Karohemd, ein Mädchen mit kurzen, roten Haaren und weißer Bluse und… ICH! Ich gucke mich verwirrt um. Ist da vielleicht irgendein Fehler unterlaufen? Oder habe ich wirklich so gut abgeschnitten? Ich höre kaum noch zu.

„Platz drei geht an Flora Huber, herzlichen Glückwunsch!“, verkündet der Direktor. Als das hübsche Mädchen aufsteht, bricht lauter Jubel aus. Nach einigen Minuten kann der Direktor weiter sprechen: „Nun kommen wir zu den zwei letzten Teilnehmern. Ich werde als erstes den Gewinner verkünden…“

Der Direktor wird durch einzelne Rufe der Schüler unterbrochen. „Joni, du packst das!“ oder auch: „Jonas, du bist der Beste.“ Ich schiele etwas verunsichert zu Jonas rüber.

„Kommen wir nun zum Gewinner“, der Direktor macht eine Pause, um Spannung aufzubauen. „Der Gewinner oder die Gewinnerin, also der oder die mit der höchsten Punktzahl ist... Leonora Schmidt! Meinen allerherzlichsten Glückwunsch!“

Ich stehe langsam auf. Ich bin mal in etwas die Beste?! Ich kann es noch gar nicht richtig glauben. Als ich vorne ankomme und mich in die Richtung der Schüler drehe, merke ich, dass sie nicht applaudieren oder klatschen. Es bleibt einfach ganz still. Die ganze Aula ist in einer Riesenwolke des Schweigens eingehüllt. Ich weiß nicht, was ich tun soll. Lächeln und so tun, als ob es mir egal ist, oder soll ich losheulen? Im Moment ist mir eher nach der zweiten Variante zumute. Aber ich muss stark bleiben. Vorsichtig drehe ich meinen Kopf zum Schuldirektor. Er hält meine Urkunde in der Hand, scheint aber ziemlich verwirrt von der Stille zu sein. Ist ja auch logisch, er hat keine Ahnung, was ich jeden Tag durchmachen muss. Er weiß nicht, wie sehr mich alle hassen. Ich straffe meine Schultern und mache einen entschlossenen Schritt Richtung Direktor. Ich strecke meine Hand aus, um die Urkunde entgegen zu nehmen. Gerade, als meine Fingerspitzen das raue Papier umschließen, durchschneidet eine schrille, weibliche Stimme die Stille: „Streberin!“

Plötzlich ist die Aula von lautem Gelächter erfüllt. Ein kalter Schauer läuft meinen Rücken runter. Für den Bruchteil einer Sekunde bin ich unfähig, mich zu bewegen. Doch dann, ganz plötzlich, bin ich wie elektrisiert. Adrenalin jagt durch mein Blut und ich drehe mich blitzschnell um. Wer war das? Ich will wissen, wer das war. Ich spüre, wie langsam Tränen in mir hochkommen. Aber es sind keine Tränen der Trauer. Nein, es sind Wuttränen. Ich habe genug! Es reicht jetzt. Ich will mich rächen. Blitzschnell durchsuche ich den ganzen Raum nach der Übeltäterin. Und dann sehe ich sie. Ich kann sie an ihrem selbstgefälligen Lächeln erkennen. Sie sitzt in der fünften Reihe ganz rechts. Es ist Anna. Ich fokussiere sie mit zusammengekniffenen Augen.

Ich lasse den nun noch mehr verwirrten Schuldirektor alleine vorne stehen und mache mich mit großen, zielsicheren Schritten auf den Weg zu Anna. Ich habe genug davon, mich in meinem Zimmer zu verstecken. Sie verdient es! Es muss sie jemand in die Schranken weisen, und wenn sich das kein anderer traut, mach ich das jetzt selber. Ich weiß auch nicht, woher ich plötzlich den ganzen Mut nehme, mich mit ihr anzulegen und damit mit dem gesamten achten Jahrgang. Bei Annas Platz angekommen, baue ich mich direkt vor ihr auf. Sie lächelt mich belustigt von unten an. „Na, was willst du schon machen, hier vor allen möglichen Lehrern und Schülern?“, sagen ihre Augen. Doch das macht meine Wut auf sie nur noch größer. Ich greife in ihre langen, blonden Haare und ziehe sie hoch, so dass unsere Augen auf der gleichen Höhe sind. Ich wusste gar nicht, dass ich so viel Kraft habe. Mit der freien Hand hole ich weit aus und schlage ihr dann auf die Wange. Der Schlag wird von einem lauten Knall begleitet. Als ich sehe, wie der Schmerz ihr Tränen in die Augen treibt, lasse ich sie los, und sie gleitet langsam wieder auf ihren Stuhl. Ich habe es geschafft! Ich fühle mich stark und befreit.

Plötzlich greift jemand von hinten nach meinem Handgelenk. Hinter mir steht ein sehr enttäuscht dreinblickender Mister Müller, der meine Hand nimmt und mich wegzieht. Hä? Was ist denn jetzt los? Die sollten lieber Anna wegziehen!

Mister Müller führt mich durch eine Masse gaffender Schüler bis zum Büro des Schuldirektors. Er öffnet die Tür und schiebt mich vorsichtig hindurch. Nachdem er den Raum betreten hat, schließt er die Tür wieder.

„Was soll das?“, frage ich verwirrt und etwas genervt.

„Na ja, immerhin haben Sie gerade Ihre Klassenkameradin

geschlagen“, versucht Mister Müller die Situation zu erklären.

„Schon, aber haben Sie nicht mitbekommen, wie sie mich bloß gestellt hat?!“, rechtfertige ich mich.

„Schon, aber dann muss man sein Temperament zügeln und nicht einfach so Gewalt anwenden“, mischt sich der Schuldirektor ein. „Stellen Sie sich mal vor, das würde hier jeder so machen! Ich will damit ja nicht sagen, dass Annas Verhalten nicht bestraft werden muss, aber überlassen Sie das bitte den Lehrern oder mir.“

„Sie ist doch hier diejenige, die ihr Temperament nicht zügeln kann!“, verteidige ich mich weiter.

„Bitte Leonora, im Moment sind Sie es, die sich nicht zurück hält“, sagt Mister Müller.

„Ich habe doch gar nichts gemacht!“ Langsam werde ich echt sauer.

„Sie haben gerade eine Mitschülerin geschlagen!“, sagt der Direktor streng.

Ich könnte jetzt alles erzählen. Sie würden mich vielleicht verstehen und mir helfen, aber sie würden meinen Eltern auch alles erzählen. Bei dem Gedanken, dass meine Eltern erfahren, wie ich gemobbt werde, wird mir heiß und kalt. Meine Mutter würde sich selber die Schuld geben und mein Vater, er soll weiterhin denken, dass ich sein starkes Mädchen bin. Also entscheide ich mich weiterhin, auf stur zu stellen. „Na und, mir doch egal!“, antworte ich patzig.

Mister Müller und der Direktor starren sich entsetzt an. „Es ist dir egal?“, wollen beide gleichzeitig wissen.

„Ja, denn in meinen Augen ist sie die Schuldige!“, sage ich eine Spur zu laut.

„Also wirklich, ich verbiete mir diesen Ton in meinem Büro!“, empört sich der Schuldirektor.

„Also wirklich, Leonora, was ist denn plötzlich in Sie gefahren?“, will Mister Müller wissen.

„Mir geht es bestens! Sie sollten mal lieber mit dieser verlogenen Schlange Anna reden!“ Jetzt schreie ich schon fast

„So Leonora, jetzt ist aber mal Schluss! Mister Müller wird Sie jetzt in Ihre Klasse bringen, und ich werde Ihre Eltern anrufen und ihnen erzählen, dass Sie heute ein Mädchen geschlagen haben und es nicht einmal bereuen!“, sagt der Direktor und zeigt mit seinem erhobenen Finger auf die Tür. Ich zucke zusammen. Habe ich den Bogen überspannt? Aber was bleibt mir anderes übrig? Ich verlasse, gefolgt von Mister Müller, das Büro, wende mich nach links und gehe Richtung Klassenraum. Den kurzen Weg legen wir schweigend hinter uns. Vor dem Klassenraum bleiben wir stehen. Mister Müller klopft gegen das schwere Holz der Tür. Nach einigen Sekunden öffnet Anna uns die Tür. Ihre linke Wange ist noch immer feuerrot. Ich muss unwillkürlich lächeln. Ich hebe meinen Kopf und stolziere an ihr vorbei, zu meinem Platz. Alle starren mich an. Das tun sie zwar fast immer, aber jetzt ist etwas anders. Mir macht es nichts aus. Sollen sie doch gucken. Es fühlt sich noch immer gut an, Anna eine verpasst zu haben. Doch kaum hat Mister Müller die Tür hinter sich zu gezogen, startet eine hitzige Debatte. „Was macht die denn hier?“ „Sie ist gefährlich!“ „Sie hat mein Babe verletzt!“, ruft Tommy.

„Lass sie doch, die will doch nur Aufmerksamkeit!“, meint ein anderer.

„Pah, mein Vater wird dich verklagen!“, zischt Anna. Ich zucke zusammen. Meint sie das ernst?

„Kommt mal wieder runter! Anna, Sie können niemanden wegen einer Ohrfeige verklagen. Der Schuldirektor wird sich schon darum kümmern, also seien Sie leise und setzen Sie sich auf den Stuhl.“ Nach diesen Worten unseres Lehrers wird die Klasse wieder ruhig. Ich höre nur noch, dass Anna empört nach Luft schnappt und sich beleidigt auf ihren Platz setzt.

Auf einmal bin ich gar nicht mehr so stolz darauf, Anna geschlagen zu haben. Alle glauben jetzt, dass ich die Böse bin. Ich kauere mich in meinen Stuhl und versuche, so gut wie möglich, dem Unterricht zu folgen. Ich bin erleichtert, als endlich die Schulklingel das Ende dieses schrecklichen Schultages ankündigt. Auf dem Rückweg lasse ich mir viel Zeit. Ich möchte das Gespräch zwischen mir und meinen Eltern soweit wie möglich hinauszögern.

Doch irgendwann ist leider auch der längste Weg der Welt zu Ende. Etwa dreißig Minuten nach Schulschluss stehe ich vor meiner Haustür und stecke mit zittrigen Fingern den Schlüssel in das Schlüsselloch. Langsam stoße ich die Tür auf. Ich lasse meine Schultasche von der Schulter gleiten und ziehe Schuhe und Jacke aus. Meine Eltern erwarten mich schon in der Küche. Peinlich berührt starre ich die Fliesen an. Als ich mich endlich traue, meine Eltern anzugucken, heule ich fast los. Meine Mutter hat Tränen in den Augen und vermeidet es, mich anzusehen und mein Vater… In seinen Augen steht der blanke Zorn.

Er ist der erste, der das Wort ergreift. „Wir sind sehr enttäuscht von dir, Leonora!"

Ich schlucke hart. „Es… es… es tut… mir ja so leid. Ich wollte euch niemals enttäuschen. Ihr müsst mir glauben!", stammele ich. Doch mein Vater schüttelt nur unmerklich seinen Kopf.

„Warum?", wimmert meine Mutter. Es zerreißt mir fast das Herz. Kann sie nicht auch sauer sein? Es wäre einfacher für mich, wenn sie mich anschreien würde. Plötzlich weiß ich nicht mehr, warum ich mich heute nicht zurückhalten konnte, so wie sonst immer. Mir bleibt nichts anderes übrig, als mit den Schultern zu zucken.

Meine Mutter senkt wieder den Kopf und noch mehr Tränen laufen über ihr Gesicht. „Es ist alles meine Schuld“, schluchzt sie.

Mein Vater nimmt sie in den Arm und redet ihr ruhig zu: „Nein, du kannst nichts dafür!“

„Bitte, ihr müsst mir glauben, ich bin unschuldig!“, rufe ich den Tränen nahe.

„Leonora, geh einfach auf dein Zimmer und lass uns alleine“, sagt mein Vater ruhig, aber mit einem scharfen Unterton. Ich senke meinen Kopf und trotte in mein Zimmer. Dort angekommen werfe ich mich auf mein Doppelbett und weine in mein Kissen. Ich bin sauer. Aber nicht auf Anna, Tommy, den Schuldirektor, Mister Müller oder meine Eltern. Nein, ich bin nur sauer auf mich selbst.

Zuerst weine ich, dann schluchze ich nur noch ab und zu. Plötzlich höre ich ein ganz leises Klingeln. Ich setze mich auf und durchsuche mein Zimmer nach der Ursache. Doch ich kann nichts Ungewöhnliches feststellen. Alles ist beim Alten. Ich lausche noch mal genauer. Das Geräusch scheint direkt unter mir zu sein. Ich lege mich auf den Bauch und schaue unter das Bett. Dort ist ein ekliger, rosafarbener, glibberiger Haufen.

Ich springe mit einem spitzen Schrei auf. Wie eklig! Was ist das? Ich hasse Dreck und Unordnung und halte deswegen auch mein Zimmer immer sauber. Wie kommt also dieser Glibber-Haufen da hin? Ich gehe vorsichtig in die Hocke und wage noch einen Blick unter mein Bett. Ich schreie noch mal und mache einen großen Satz auf mein Bett. Der Haufen hat sich auf mich zu bewegt. Ich zittere am ganzen Körper. Langsam kriecht das Etwas unter dem Bett hervor. Erst jetzt sehe ich, dass es zwei Augen hat. Ich bin schon wieder kurz vorm Schreien.

Plötzlich höre ich eine melodische, mir unbekannte Stimme: „Bitte hör auf zu schreien, ich will dir doch nichts tun."

Ich starre entsetzt auf den Boden. Ich mache einen großen Schritt rückwärts und achte darauf, nicht vom Bett zu fallen. Am besten renne ich aus dem Zimmer und sperre dieses Dings da solange in mein Zimmer ein, bis es irgendjemand entfernt. Ich mache noch einen Schritt und gehe vom Bett runter.

„Bitte warte, geh nicht! Lass mich die ganze Situation erklären", sagt das rosa Etwas und hüpft auf mich zu. Ich schiele unsicher nach unten. Es scheint ja keine Gefahr von dem Ding auszugehen, und meine Eltern wollen mich im Moment nicht sehen. „Ähem… na gut", sage ich misstrauisch.

„Ich bin ein Blobbel", fängt der Blobbel an.

„Ein was?", frage ich verwirrt.

„Oh, ich sehe schon, ich muss weiter vorne anfangen. Ein Blobbel ist ein normales Lebewesen, so wie die Menschen auch. Aber wir wohnen eigentlich nicht auf der Erde, sondern auf einem Planeten namens Magnolia. Der Planet ist ein riesengroßer Urwald und alle leben in Frieden miteinander. Doch so ein Leben in Frieden ist nur durch sehr strenge Regeln möglich, und jeder, der gegen eine dieser Regeln verstößt, wird streng bestraft. Die Strafen können unterschiedlich hart ausfallen."

Ich versuche, dem Blobbel so gut wie möglich zu folgen. „Und du bist hier, weil…?", unterbreche ich ihn.

„Ich habe gegen eine der heiligsten Regeln verstoßen. Ich habe etwas gestohlen. Meine Schwester war sehr krank und brauchte dringend Medizin, aber wir konnten uns diese Medizin nicht leisten. Also habe ich kurzerhand diese Medizin gestohlen. Meine Schwester ist wieder gesund. Doch die Ältesten haben erfahren, dass ich etwas gestohlen habe, und zur Strafe haben sie mich auf die Erde geschickt. Ich darf erst wieder zurück, wenn ich diese Straftat durch gute Taten, hier auf der Erde, ausgeglichen habe“, sagt der Blobbel traurig.

„Das klingt ja schrecklich! Du wolltest doch nur deiner kranken Schwester helfen. Ist das denn keine gute Tat?“, frage ich empört.

„An sich schon, aber ich habe etwas gestohlen, und das ist ein sehr grober Verstoß gegen unsere Regeln“, erklärt der Blobbel. „Anstatt zu stehlen, hätte ich einen Antrag schreiben müssen, um das Medikament kostenlos zu bekommen, aber ich hatte Angst, dass das zu lange dauert.“

„Hmm, verstehe... Wie heißt du eigentlich?“, will ich wissen.

„Wir Blobbel haben normalerweise keine Namen, aber wenn du möchtest, kannst du mir gerne einen geben!“, sagt der Blobbel schon fröhlicher.

Ich muss gar nicht lange überlegen. „Rosebell! Das passt! Du bist rosa und das Erste, was ich von dir gehört habe, war ein leises Klingeln, wie von kleinen Glocken“, sage ich begeistert.

„Ich bin zwar eigentlich kein Mädchen, aber der Name ist wirklich toll!“, ruft Rosebell. „Also, wenn du mir schon einen Namen gibst... dann hilfst du mir doch auch sicherlich!“, fährt Rosebell aufgeregt fort.

„Ich? Dir helfen? Wie soll ich dir denn helfen?“, frage ich.

„Du sollst mir helfen, anderen zu helfen, damit ich wieder zu meiner Familie zurückkomme. Vielleicht löst sich ja dann auch dein Problem auf!“, sagt Rosebell ganz übermütig.

„Moment mal, ganz langsam... Woher weißt du, was ich für Probleme habe?“, frage ich erschrocken.

„Oh, habe ich vergessen, das zu erwähnen? Wir Blobbel sind Lebewesen, denen Frieden sehr wichtig ist, wir sind der Meinung, dass Probleme jeglicher Art den Frieden zerstören, und damit wir das verhindern können, haben wir die Fähigkeit, die Probleme von allen anderen Lebewesen zu sehen!", klärt mich Rosebell auf. Ich nicke zögerlich.

„Damit hat sich dann auch die Frage geklärt, wie du vorhast, anderen Leuten zu helfen", stelle ich fest.

„Heißt das, du bist dabei?", fragt Rosebell. Ich schaue ihn kurz an. Er hat nur versucht, einem geliebten Menschen zu helfen. Es wäre das Richtige, ja zu sagen.

„Okay, ich bin dabei. Aber wo willst du anfangen? Und was genau ist dein Plan?", frage ich noch etwas nervös.

„Keine Sorge, eigentlich ist es ganz einfach. Du nimmst mich mit zur Schule, und dann suche ich mir jemanden aus, dem wir helfen werden. Irgendwann werden wir genug Leuten geholfen haben, damit ich wieder nachhause darf!", freut sich Rosebell.

Ich werde von Rosebells Übermut angesteckt und muss lächeln. „Okay, okay. Also morgen geht es los… Am besten du übernachtest schon in meiner Schultasche, dann nehme ich dich morgen mit. Aber jetzt muss ich zum Abendessen. Meine Eltern sind wahrscheinlich gerade im Wohnzimmer und gucken Nachrichten. Die Chance kann ich nutzen, um etwas zu essen und gleichzeitig ihren enttäuschten Blicken zu entgehen." Ich seufze tief auf.

„Wir werden auch dein Problem irgendwie lösen", versichert Rosebell mir.

Es fühlt sich überraschend gut an, jemanden zu haben, der mein Problem kennt, und mit dem ich darüber reden kann. Ich lächele kurz zu Rosebell rüber, dann öffne ich die Tür und verschwinde in der Küche. Als ich wieder komme, ist Rosebell schon in meiner Schultasche verschwunden, und ich entscheide mich ins Bett zu gehen.

Schon nach ein paar Minuten bin ich eingeschlafen.

Pünktlich um sechs Uhr fünfzehn reißt mich mein blöder Wecker aus meinem traumlosen Schlaf. Ich richte mich schwerfällig auf und lasse mich dann wieder zurück in meine Kissen fallen. Ich will weiter schlafen! Doch dann werde ich mit einem Mal hellwach. Meine Eltern schlafen um diese Uhrzeit noch. Ich kann mich also ganz leicht aus dem Haus schleichen und meinen Eltern aus dem Weg gehen.

„Rosebell?“, flüstere ich leise. Doch es kommt keine Antwort. Ich hebe verwirrt den Kopf. „Rosebell?“, flüstere ich nochmal, aber diesmal etwas lauter. Noch immer nichts. Ich schwinge meine Beine über die Bettkante und stehe auf. Ich tapse in Richtung Schultasche und öffne sie vorsichtig. Dort liegt Rosebell und schläft. Ich muss leicht schmunzeln. Kurzer Hand ziehe ich mich an, schnappe mir die Tasche und mache mich auf den Weg zur Schule. Die ersten beiden Stunden sitze ich wie auf heißen Kohlen. Ich starre immer wieder auf die Uhr. Wenigstens sind mir heute Morgen, aus einem mir unbekannten Grund, die Kommentare von Anna und Tommy erspart geblieben. Endlich klingelt es zur Pause. Ich schnappe mir meine Schultasche und renne zur Mädchentoilette. Nachdem ich mich in einer Kabine eingeschlossen habe, lege ich meinen Kopf verzweifelt in meine Hände. Ich bilde mir doch nicht ernsthaft ein, hier die Heldin spielen zu können und allen Leuten zu helfen!

„Hey, Hey, gute Nachrichten, ich weiß, wem wir als erstes helfen können“, ruft Rosebell aus meiner Tasche.

„Ach, ich glaube, es ist doch keine so gute Idee. Wer will sich schon von einem Mobbingopfer helfen lassen?“, sage ich zweifelnd.

„Jeder, der Hilfe braucht, nimmt Hilfe an, egal von wem sie angeboten wird!“, versichert Rosebell mir.

Ich bin noch nicht wirklich überzeugt.

Rosebell scheint das zu bemerken. „Unser erster Fall ist echt leicht!“

„Okay, dann schieß mal los“, sage ich noch etwas zögerlich.

„Sie heißt Stefanie, und sie ist eine begabte Sängerin!“, fängt Rosebell an.

„Stimmt, die kenne ich, sie geht in meine Klasse, richtig? Und was hat sie für ein Problem?“, frage ich.

„Ja, sie geht in deine Klasse. Ihre Eltern haben ihr damit gedroht, sie aus dem Chor zu nehmen, wenn sie in der nächsten Biologiearbeit nicht mindestens eine Zwei schreibt“, erklärt Rosebell. Ich schaue ihn fragend an. Das Problem habe ich noch nicht richtig verstanden: „Okay, und was soll ich da machen?“

„Du könntest ihr doch Nachhilfe geben, oder jemanden finden, der ihr Nachhilfe gibt!“, schlägt Rosebell vor.

„Ja schon, aber sie wird keine Hilfe von mir wollen!“, klage ich. Es wird sich keiner mit mir blicken lassen wollen, das würde doch nur den Ruf des Betroffenen ruinieren.

„Versuche es doch einfach! Bitte Leonora, tu es für mich!“, bettelt Rosebell. Leider kann ich nicht nein sagen, ich habe es Rosebell doch versprochen.

Seufzend nicke ich. Ich verlasse die Toilette und mache mich sofort auf die Suche nach Stefanie. Ich finde sie auf dem Pausenhof, wo sie mit ihren Freundinnen plaudert.

„Hey Stefanie, können wir mal kurz unter vier Augen reden?“, begrüße ich die ganze Gruppe. Sie schaut mich herablassend an. Doch nach kurzem Überlegen zuckt sie mit den Schultern und bewegt sich ein paar Meter mit mir von ihrer Gruppe weg.

„Was ist denn los?“, will sie gleich wissen. Ich atme einmal tief ein und fange dann an, ihr zu erzählen, dass ich von ihrem Problem gehört habe. Nach kurzem Hin und Her, nimmt

Stefanie das Angebot an, und wir verabreden uns für die Freistunde zum Lernen in der Bücherei. Ich bin ganz schön überrascht, wie schnell ich sie überzeugen konnte.

Es klingelt. Ich beeile mich, um rechtzeitig in der Bücherei anzukommen. Stefanie sitzt schon in einer Ecke und wartet auf mich. Die nächsten neunzig Minuten lernen wir die verschiedensten Bioformeln. Es ist echt lustig. Als wir dann endlich fertig sind und zur nächsten Stunde aufbrechen, umarmt mich Stefanie sogar kurz.

„Leonora, du bist eigentlich ganz schön cool!“, sagt sie anerkennend. Ich starre sie verblüfft an.

„Danke, du bist auch cool“, erwidere ich.

Träume ich das gerade alles oder passiert das wirklich? Hat mich gerade wirklich eine Mitschülerin als “cool“ bezeichnet? Sie zwinkert mir kurz zu, und dann betreten wir gemeinsam den Klassenraum.

Und schon wieder kann ich mich nicht auf den Unterricht konzentrieren. Ich muss die ganze Zeit an Stefanie denken. Kann es sein, dass ich gerade sowas wie eine Freundin gefunden habe? Nein, ich darf mir keine falschen Hoffnungen machen. Es könnte zu sehr wehtun, aber trotzdem lässt mich der Gedanke an eine Freundin nicht los, jemand, mit dem ich alles teilen kann. In der Pause will ich wieder auf die Toilette rennen und mit Rosebell über ein neues Problem reden. Doch an der Tür werde ich aufgehalten. Es ist Stefanie! „Hey möchtest du nicht in der Pause mal zu mir und meinen Freundinnen kommen? Wir könnten ein bisschen zusammen abhängen“, schlägt sie vor.

Ich gucke sie einen Moment verblüfft an. „Ja klar gerne, ich muss nur nochmal kurz vorher auf die Toilette!“, sage ich fröhlich und so ruhig wie möglich.

„Okay, dann bis gleich, du weißt ja, wo du uns findest!“ Sie zwinkert mir nochmal zu und verschwindet dann. Viel verrückter kann der Tag gar nicht mehr werden. Ich gehe zu den Toiletten und kann nicht aufhören zu grinsen.

„Na? Es hat also was gebracht, mit Stefanie zu lernen“, sagt Rosebell, als wir auf der Toilette ankommen.

„Ja auf jeden Fall! Vielen Dank, dass du mich dazu überredet hast!“

„Dann wird es dich sicherlich freuen zu erfahren, dass ich schon gleich jemand Neues gefunden habe! Sie heißt Anna!“, ruft Rosebell begeistert.

Schlagartig verändert sich meine Stimmung. „Moment! Anna? Ich soll Anna helfen? Das kannst du vergessen! Sie ist doch die, die mich immer mobbt!“, schreie ich entgeistert.

Rosebell ist gerade dabei irgendetwas zu erwidern, doch davon will ich nichts wissen. Ich schließe meine Schultasche und mache mich auf den Weg zu Stefanie.

„Bitte Leonora!“, höre ich Rosebell.

„Sei jetzt still!“, zische ich in meine Tasche. Wie kann er nur von mir erwarten, meiner Feindin zu helfen? Verräter! Mir kommen die Tränen. Wenigstens habe ich noch Stefanie.

„Leonora, wenn du ihr helfen kannst, hilfst du gleichzeitig auch dir! Du willst doch, dass das Mobben aufhört, oder?“, versucht Rosebell es weiter und trifft damit meine Schwachstelle. Ich bleibe kurz stehen.

„Wie meinst du das?“, frage ich misstrauisch.

„Ihr Problem ist der Grund, warum sie so gemein ist! Sie würde bestimmt aufhören, dich zu ärgern, wenn sie kein Problem mehr hat“, sagt Rosebell.

„Bist du dir sicher, dass sie aufhören wird?“, frage ich jetzt zweifelnd.

„Sicher nicht, aber bei Stefanie hat es ja auch geklappt!

Also versuch es doch noch mal“, redet Rosebell auf mich ein. Ich blicke sehnsüchtig auf den Schulhof. Stefanie wartet bestimmt schon auf mich.

„Lass mich noch mal die Pause lang nachdenken, okay?“, bitte ich Rosebell. Ich werte Rosebells Schweigen als Ja, verlasse die Schule und gehe zu Stefanie rüber.

„Hey Leute, ihr kennt doch bestimmt Leonora. Sie ist echt cool, und ich denke, sie sollte öfters mit uns abhängen!“, stellt mich Stefanie ihren Freundinnen vor. Sie mustern mich von oben bis unten, dann lächeln sie mich alle nacheinander an.

„Gut, wenn Stefanie sie okay findet, wird sie schon zu uns passen“, sagt eines der Mädchen, und die anderen stimmen ihr zu.

Wir plaudern und witzeln die ganze Pause. Ich hätte nie gedacht, dass eine Pause so schön sein kann und das erste Mal seit langem bin ich wirklich traurig, als die Pause endet und wir wieder in den Unterricht müssen.

Die ersten fünfzehn Minuten verbringe ich damit, über Anna nachzudenken, und plötzlich weiß ich, was ich machen werde.

Ich melde mich: „Entschuldigung, aber könnte ich bitte kurz auf Toilette gehen?“

Mit einem kurzen Nicken gibt mir der Lehrer die Erlaubnis, den Raum zu verlassen. Ich stelle meine Tasche auf den Rand des Waschbeckens.

„Also gut, bevor ich mich entscheide, möchte ich wenigstens wissen, was für ein Problem das ist!“, sage ich zu Rosebell.

Er fängt vor Freude an zu strahlen. „Also, es ist so: Anna versucht durch ihre fiesen Sprüche und Taten Aufmerksamkeit zu bekommen!“

„Hä? Die hat sie doch auch sonst schon! Ich meine, jeder will mit ihr befreundet sein!“, sage ich mit gerunzelter Stirn.

„Ja, die anderen Schüler geben ihr Aufmerksamkeit, aber die möchte sie viel lieber von ihren Eltern bekommen. Sie arbeiten viel und kümmern sich nicht wirklich um sie“, erzählt Rosebell.

Kann das stimmen? Ist es möglich, dass ein Mensch so gemein ist, nur weil er will, dass seine Eltern mehr Zeit mit ihm verbringen?

„Und was wirst du tun?“, fragt Rosebell aufgeregt. Ich schweige, um zu überlegen, dann sage ich: „Ich habe da schon so eine Idee, lass mich mal machen. Aber jetzt muss ich zurück zum Unterricht!“

Ich gehe wieder zurück und konzentriere mich diesmal wirklich bis zum Schluss auf den Unterricht. Als die Stunde vorbei ist, gehe ich jedoch nicht sofort nachhause.

Ich mache vor dem Büro des Schuldirektors halt und klopfe dreimal gegen die Tür.

Er öffnet. „Oh Leonora, kommen Sie rein. Gibt es ein Problem?“ begrüßt er mich. Mit einer einladenden Handbewegung bittet er mich in sein Büro einzutreten.

„Es geht um die Sache von neulich…“, fange ich an. „Ich habe Anna nicht geschlagen, weil sie mich einmal Streberin genannt hat. Sie hat mich schon öfters provoziert, aber da konnte ich mich noch zurückhalten, auch wenn es oft schlimme Beleidigungen waren. Ich weiß nicht, warum ich mich da neulich nicht mehr zurück halten konnte. Und bevor Sie irgendetwas dazu sagen oder fragen, lassen Sie mich bitte erst zu Ende reden. Ich bin nämlich nicht hier, um mich zu rechtfertigen, und ich will auch nicht, dass Sie Anna bestrafen. Das mag jetzt komisch klingen. Noch vor ein paar Tagen habe ich es ihr gewünscht, für alles bestraft zu werden. Aber jetzt kenne ich den Grund. Sie hat es zuhause nicht einfach. Ihre Eltern haben kaum Zeit für sie. Könnten Sie vielleicht nicht mal ein

Gespräch zwischen Anna, ihren Eltern und Ihnen anordnen? Dann würde die Möglichkeit bestehen, dass Annas Eltern sehen, wie sehr sich Anna ihre Aufmerksamkeit wünscht."

Ich atme ganz tief ein. Der Direktor guckt mich verwirrt an. Er schweigt einen Moment. Ich kann die Spannung im Raum schon fast hören.

„Das ist ja ziemlich viel auf einmal", sagt er. „Warum haben Sie nicht schon früher etwas gesagt? Also, Sie wollen mir jetzt sagen, dass Sie schon länger gemobbt werden, aber die Täterin nicht bestrafen, sondern ihnen lieber helfen wollen?... Das ist wirklich sehr löblich von Ihnen!" sagt der Direktor. „Ich werde sehen, was ich hinsichtlich Ihrer Bitte machen kann. Und natürlich werde ich Ihre Eltern anrufen und ihnen erklären, was in Wahrheit passiert ist", verspricht er mir.

Ich wollte nie, dass meine Eltern erfahren, dass ich gemobbt werde, aber jetzt fühlt es sich richtig an, es ihnen zu sagen. „Vielen Dank", verabschiede ich mich vom Schuldirektor und mache mich auf den Weg nach Hause.

Als ich durch die Tür komme, warten meine Eltern auf dem Flur auf mich und nehmen mich in den Arm. „Oh Leonora Spätzchen, bitte verzeihe uns, wir hätten dir glauben müssen!", weint meine Mutter.

„Dein Direktor hat angerufen und uns alles erzählt! Wenn du möchtest, musst du nicht mehr auf diese Schule!", sagt mein Vater.

„Nein Dad, das ist ein nettes Angebot, aber ich habe heute endlich neue Freunde gefunden, und auch das Mobben wird hoffentlich bald ein Ende haben!", versichere ich meinem Vater.

„Wie du möchtest, Liebes. Es wird alles gut. Wir schaffen das, gemeinsam!", antwortet meine Mutter und drückt mich noch fester an sich.

„Es ist wunderbar, so tolle Eltern wie euch zu haben", flüstere ich beiden ins Ohr.

Wir sitzen den Rest des Tages zusammen auf dem Sofa und spielen alle möglichen Gesellschaftsspiele. Es wird der schönste Tage meines gesamten bisherigen Lebens. Am nächsten Morgen frühstücke ich gemütlich mit meinen Eltern und gehe dann mit super Laune zur Schule. Gerade, als ich durch das Schultor hindurch trete, kommt Anna auf mich zu. Ich gucke sie verwirrt an, als sie direkt vor mir stehen bleibt. Doch heute ist irgendetwas anders an ihr. Ist sie fröhlicher, oder bilde ich mir das nur ein?

„Hey, ähem… ich glaube, ich muss dir was sagen… also äh… Danke", sagt sie leise.

„Äh… Bitte… Aber wofür dankst du mir?", frage ich sie.

„Ich hatte gestern ein Gespräch mit dem Direktor… Und mit meinen Eltern. Er hat ihnen erzählt, dass ich andere Schüler mobben würde… und hat dann meinen Eltern erklärt, woran es liegt… Später hat er dann gesagt, dass du ihn gebeten hast, er soll sich um meine Eltern kümmern, anstatt mich zu bestrafen. Ich weiß zwar nicht, wie du darauf gekommen bist, aber das ist ja auch egal. Jedenfalls nehmen sich meine Eltern ab sofort mehr Zeit für mich, also danke", klärt mich Anna auf.

„Kein Problem!", sage ich und will an ihr vorbei zu Stefanie gehen, die vor der Schule steht und mir zuwinkt. Doch Anna macht einen Schritt zur Seite und versperrt mir den Weg.

„Ich weiß, das ist viel von dir verlangt… aber können wir nicht einfach alles vergessen und nochmal von vorne anfangen?", fragt sie mich.

Ich nicke abwesend. „Ja klar, aber hey, ich muss jetzt los, wir sehen uns!"

Ich lächle sie kurz an und gehe an ihr vorbei. Mein Leben

ist im Moment einfach perfekt. Plötzlich meldet sich Rosebell aus meiner Tasche.

„Leonora, bleib mal kurz stehen, ich muss dir was erzählen."

Ich bleibe stehen und gehe dann ein paar Meter zur Seite, in eine Ecke, in der sich momentan keine Schüler befinden, und nehme Rosebell auf meine Hand.

„Was ist denn los?", frage ich.

„Ich habe gerade erfahren, dass ich wieder auf meinen Planeten zurück kehren darf!", erzählt Rosebell. Ich erstarre. Rosebell will mich verlassen? Aber er ist doch erst den zweiten Tag bei mir! Rosebell scheint zu bemerken, dass ich darüber nicht so glücklich bin wie er.

„Hey Leonora, was ist denn los? Freust du dich gar nicht für mich?", fragt er traurig.

Meine Augen sind mit Tränen gefüllt. „Natürlich freue ich mich für dich! Es ist nur… Du hast mein ganzes Leben in nur zwei Tagen völlig verändert, und jetzt soll ich ohne dich zu Recht kommen?"

„Ach, Quatsch! Du hast dein Leben doch selbst verändert, ich habe dir nur einen Anstoß gegeben!", tröstet Rosebell mich, „Jetzt sei doch nicht traurig, Leonora. Ich komme wieder, dass verspreche ich dir!"

Ich blicke auf. Vor mir sehe ich den Eingang unserer Schule. Es sind nur noch wenige Schüler draußen. Stefanie lehnt an der Wand neben der Tür. Sie wartet auf mich. Und mir wird klar, dass ich jetzt auch ohne Rosebell zurecht kommen werde.

Roxana Olympia Seehof (14)

In unseren Strassen

„Eric! Jetzt nimm doch mal die Dinger aus den Ohren!" Eric nimmt die Kopfhörer heraus und sieht seinen Vater genervt an. Das Auto ist warm und stickig, aber auf der Autobahn ist nicht viel los. Sein Vater trägt schon seine Uniform, denn sobald er Eric bei Oma Tessa in der Nähe von Emden rausgeschmissen hat, wird er für mehrere Monate im Dienst sein. Er leitet in Afghanistan, im Kriegsgebiet, eine Versorgungsstation. Eric ist durchaus gerne bei seiner Oma, aber seit seine Mutter nicht mehr lebt, ist die Angst, vielleicht auch seinen Vater zu verlieren größer denn je.

Eric hat schon als kleiner Junge mehr gedacht als gut für ihn war und sich viele Sorgen gemacht. Er ist kein Weichei, aber mit den typischen Problemen der Pubertät schwindet sein Selbstvertrauen rapide. Auch das ständige Umziehen wegen dem Beruf seines Vaters hilft Eric nicht, Freunde zu finden. Sein Vater strubbelt ihm durch die Haare und schiebt die Kassette, die sie immer auf langen Fahrten hören, in die Kassettenvorrichtung. Beide kennen die Texte in- und auswendig. Erics Vater beginnt zu singen, so vergessen beide, dass sie sich für lange Zeit nicht sehen.

Oma Tessa strahlt: „Um Gottes Willen, bist du groß geworden!!" Sie schließt Eric in die Arme. „Möchtest du nicht doch noch auf einen Kaffee mit rein kommen, Theo?"

Doch Erics Vater lehnt ab. „Ich habe noch eine lange Fahrt vor mir", entschuldigt er sich. Er nimmt seine Mutter fest in den Arm und will sich dann von seinem Sohn verabschieden.

Doch Eric bewegt sich kein Stück. Bilder spielen sich vor seinem inneren Auge ab. Schreckliche Bilder. Alles, was seinem Vater passieren könnte, rast durch seinen Kopf.

Und dann ist er weg. Eric sieht nur noch, wie sein Vater aus der Einfahrt des kleinen Strandhauses fährt und um die Ecke biegt. Oma Tessa legt ihm die Hand auf die Schulter. „Wir werden eine schöne Zeit haben und ihm wird nichts passieren“, redet sie ihm gut zu, doch unhörbar fügt sie ein leises „Hoffentlich“ hinzu.

Sie zieht ihren Enkel ins Haus. „Komm erst mal rein! Deine Sachen kannst du da abstellen.“ Sie zeigt auf die Treppe. „Schau mal, ich habe Kuchen gebacken und Kaffee gibt es auch.“ Schon ist sie im Wohnzimmer. „Wenn du keinen Kaffee magst, habe ich auch Tee, oder Kakao, den hast du doch früher so gerne getrunken!“

„Ist okay, Oma. Ich hab gar keinen Hunger. Ich würde lieber schon ins Bett gehen.“

Sie lächelt ihm zu. „Wenn du morgen nichts vor hast und Anton und so sehen möchtest, solltest du runter an den Strand gehen.“

„Okay Oma. Danke.“ Er drückt ihr einen Kuss auf die Stirn und nimmt seine Sachen mit nach oben. Anton und die anderen hat er schon lange nicht gesehen. Bestimmt haben sich seine alten Freunde hier mächtig verändert. Oben angekommen schiebt er seinen Koffer in den Schrank und legt sich aufs Bett. Er nimmt ein Bild aus seinem Rucksack und betrachtet es. Es ist von ihm und seinem Vater in Marokko. Neben dem Bett ist ein Nachttisch, auf den er das Bild stellt. Eric dreht sich auf die Seite und schaut aus dem Fenster aufs Meer. Es ist so ruhig und langsam wird er müde.

Die Sonne wird von etwas verdeckt. Es ist Oma Tessa: „Gute Morgen, mein Engel! Aufstehen, es ist schon zwölf Uhr!"

Sie verlässt den Raum und Eric dreht sich auf den Rücken. Er braucht seine Zeit um aufzustehen, doch als er einen leckeren Duft aus der Küche riecht, beeilt er sich.

Das Frühstück ist köstlich! Und Oma Tessa zwingt ihn geradezu, an den Strand zu fahren. Also schnappt er sich ein Fahrrad aus dem Schuppen und fährt los.

Der Weg ist immer noch in seinem Kopf, auch nach Jahren. Eric stellt das Fahrrad an einem Baum ab und geht langsam auf den Strand zu. Er ist aufgeregt, sein Herz pocht.

Es hat sich wenig verändert. Alles wie gehabt. Das Strandcafé, der Steg, die Boote. Der Wind ist kühl und weht ihm den Sand ins Gesicht. Das Strandcafé ist schnell erreicht.

Einige Jungs sitzen draußen mit ein paar Mädchen. Drinnen spielen einige Billard.

„Eric Swenson! Solange meldest du dich nicht, und dann tauchst du einfach hier auf", ein blonder, braungebrannter Junge kommt auf ihn zu und umarmt ihn.

Anton sieht fast noch so aus wie früher, nur größer eben. Bei Calvin ist es ähnlich.

Er begrüßt Eric ebenfalls, dann setzen sie sich nach draußen. Eric erkennt viele Leute aus dem Kindergarten wieder. Sie verbringen den ganzen Tag zusammen. Er erzählt viel von den Wohnorten, in denen er schon gelebt hat. Heute ist er kein bisschen schüchtern, er ist unglaublich glücklich.

Anton bekommt einen Anruf. „Hey Gwen. Was los?" Anton lacht, „Ja wir machen heute Abend noch was. Eric ist da! Komm nachher einfach zu mir." Er beendet das Gespräch. „Calvin, Gwen und ein paar andere kommen nachher vorbei. Also wenn du Bock hast...", bietet Anton ihm an.

Eric nickt und nippt an seinem Getränk. Es ist fast sechs,

und er muss seiner Oma noch sagen, dass er am Abend bei Anton ist. Er verabschiedet sich und radelt nach Hause.

„Oma!“, ruft Eric, sobald er das Haus betritt. Sie sitzt in der Küche zusammen mit Johannes, einem der Fischer aus dem Dorf. Sie plaudern und essen Kuchen, als Eric ins Wohnzimmer kommt.

„Eric, mein Schatz! Das ist Johannes, erinnerst du dich? Früher wart ihr immer zusammen Boot fahren!“ Oma Tessa lächelt.

Eric hebt die Hand kurz zur Begrüßung. „Ich bin heute Abend bei Anton. Okay?“.

Oma Tessa nickt. Eric bedankt sich und geht duschen.

Um kurz vor acht ist er bei Anton der immer noch fast direkt am Strand wohnt. Ein paar sind schon da. Sie begrüßen sich, freuen sich, dass Eric wieder da ist.

„Wie lange bleibst du?“, fragt Monique, ein zierliches blondes Mädchen, das früher mit ihm zur Grundschule ging. Darauf hat Eric keine Antwort. Bevor er antworten kann, klingelt es. Gwen und ein dunkel-haariger, großgewachsener Typ stehen in der Tür. Fynn, wie man ihm den Jungen vostellt, hat Bier mitgebracht, das Anton ihm dankbar abnimmt.

Gwen begrüßt Eric begeistert. „Mensch Eric, ich hab dich so lange nicht gesehen!“

Sie umarmt ihn fest. Eric ist fast sprachlos. Sie hat sich unglaublich verändert.

„Hi. Ähm.. Du auch.“ Er lacht verlegen. Sie setzt sich neben Eric aufs Sofa.

Der Abend beginnt gut. Es wird gelacht, getrunken und viel erzählt. Einige der Jungs gehen raus, um zu rauchen. Da es die meisten der Jungen sind, geht Eric in Küche, um sich noch etwas zu trinken zu besorgen.

„Und was willst du?“, fragt Gwen belustigt. Sie steht in der Küche und grinst ihn an.

„Keine Ahnung.“

„Na, dann mix ich dir was!“ Sie grinst frech. „Wie geht’s dir?“

„Ganz gut soweit. Irgendwie hat sich alles verändert, aber eigentlich auch nicht!“

„Du meinst die Jungs, oder? Weil sie rauchen und so.“
Eric nickt. „Äußerlich sind sie nur gewachsen, und das Dorf hat sich gar nicht verändert, aber ich hab‘ das Gefühl, sie sind innerlich so anders. Ich pass hier gar nicht mehr her.“ Ihm entfährt ein Seufzen.

Gwen drückt ihn. „Es ist der erste Abend. Das wird schon.“ Sie lächelt ihn an.

„Gwen?“ Fynn kommt in die Küche und küsst sie stürmisch.

„Ist okay, Fynn. Du bist total betrunken. Ich bring dich nachhause.“ Sie sieht Eric genervt an. „Sorry, ich muss meinen Freund mal schnell nachhause bringen.“ Dann ist sie weg.
Anton kommt in die Küche. „Wo ist Fynn?“

„Gwen bringt ihn nachhause.“

„Hast‘ mit ihr geredet?“

„Ja, wieso?“

„Fynn ist n‘ Schläger. Pass auf.“

„Ich hab doch nichts gemacht?“

„Ist schon okay, wenn du sie süß findest, aber mehr auch nicht.“

„Ich muss jetzt heim, Anton.“

„Gut, bis morgen.“
Auf dem ganzen Weg nachhause, denkt Eric darüber nach, ob es ihm wirklich so leicht anzusehen ist, dass er Gwen vielleicht mehr als gut findet.

Sie ist so schön geworden. So erwachsen.

Zuhause begrüßt er nicht einmal seine Großmutter. Er geht hoch in sein Zimmer, legt sich in sein Bett und beobachtet das wellenreiche Meer. Erst lange Zeit später schläf er ein.

Die nächsten Tage bleiben unspektakulär. Eric trifft sich mit den Jungs und unternimmt einiges mit seiner Großmutter. Gwen sieht er wenig, sie grüßen sich nur kurz, wenn sie sich am Strand sehen.

Am späten Dienstagnachmittag klingelt sein Handy überraschend.

„Hallo?", fragt er.

„Hey Eric, ich bins Gwen. Hab' deine Nummer von Anton. Ich hab die Tage Geburtstag und wollte nur kurz fragen, ob du Zeit hättest."

Er hat plötzlich so ein unbekanntes Gefühl im Bauch. „Ähm... Natürlich hab ich Zeit. Wann feierst du denn?"

„Samstag. Komm einfach so um acht Uhr rum. Brauchst auch kein Geschenk."

„Doch klar brauch ich ein Geschenk! Was wünscht du dir?"

Gwen kichert. „Bring einfach was zu essen mit, das reicht! Wir sind nachher am Strand, komm doch auch. Bye."

Oma Tessa kommt herein. „Der Postbote war hier. Dein Vater hat dir wieder etwas geschickt." Sie drückt ihm ein Päckchen in die Hand und streichelt über seine Wange, bevor sie geht.

Eric nimmt eine Schere vom Schreibtisch und öffnet das Paket. Sein Vater erzählt von der Arbeit und von den netten Leuten. In dem Paket schickt er ein Glas mit Sand. Er schreibt, dass dieser Sand in dem Gebiet als eine Art „Glückssand" bezeichnet wird. Er finde diese Idee lustig und schicke ihm daher ein Glas davon, da ja auch bald die Schule anfangen würde. Eric stellt das Glas auf seinen Schreibtisch, danach zieht er sich um und macht sich auf den Weg zum Strand.

Die Tage bis zu Gwens Geburtstag vergehen schnell, und Freitagabend weiß er immer noch nicht, was er ihr schenken soll. Eric steht mit seiner Großmutter in der Küche und backt den Tortenboden. Wenn ihm nichts Besseres einfällt, dann will er wenigstens den besten Kuchen backen, den Gwen jemals gesehen hat. Oma und er wollen morgen früh aufstehen, um die Torte fertig zu stellen.

„Schau mal, wir sind ein gutes Team!", lacht Oma. „Wir backen eine schöne Torte für dein Mädchen."

„Oma! Sie ist nicht MEIN Mädchen. Sie hat doch einen Freund und Anton meint, der wäre nicht ohne."

„Na, dann musst du kämpfen, mein Schatz!" Oma Tessa zwinkert ihm zu.

Die Musik ist laut, tut fast in den Ohren weh, und von dem Licht wird ihm richtig schwindelig. Für sowas ist Eric nicht gemacht. Die Torte ist großartig geworden, jetzt sucht er Gwen.

Er will die Torte in der Küche abstellen, doch sieht er Gwen draußen in einem Strandkorb sitzen. Alleine.

„Hey Gwen, happy Birthday!" Er umarmt sie fest. „Ich würde ja für dich singen, aber es gibt nichts, was ich weniger kann."

Sie lächelt müde. „Danke dir."

„Alles klar? Du sitzt auf deinem sechzehnten Geburtstag alleine draußen! Wo ist Fynn?"

„Ich weiß nicht, wo er ist. Ist mir grade auch egal."

„Hey, was ist los?" Eric setzt sich neben sie in den Strandkorb.

„Weißt du, die Leute kommen hierher, machen Urlaub, finden alles so süß und gemütlich. Sie kommen hierher, weil es gegenüber der Großstadt so ECHT ist. Nichts ist hier echt. Wir leben in einer Plastikwelt. Mit Plastikgärten und Plastikeltern. Fynns und meine Beziehung ist nur noch zur Zierde unserer Familien da. Ich weiß nicht mal, ob er mich liebt."

Eric hat keine Antwort. Er nimmt sie nur in den Arm. Die Terrassentür öffnet sich. Fynn kommt heraus getorkelt.

„Gwen? Willst du mich verarschen?" Eric merkt deutlich, dass er angetrunken ist. „Was machst du mit dem?" Er kommt auf Eric zu und reist ihn hoch.

„Was machst du da? Bist du dumm?", zischt Fynn ihm ins Ohr.

Eric hebt die Hände. „Wir haben doch nur geredet. Sorry, Mann."

„Lass ihn los, Fynn!", ruft Gwen ihm zu.

Doch schneller als man „Geburtstagsfeier" sagen kann, ist Fynns Faust in Erics Gesicht. Gwen schreckt zurück. Hätte er etwas getan, wäre es das eine, aber sie haben schließlich nur geredet. Die beiden prügeln sich auf dem Rasen, bis Anton dazwischen geht. Gwen steht in der Terrassentür, die Hände vors Gesicht geschlagen. Monique legt einen Arm um sie.

Anton zieht Eric hoch. „Verdammt, was war das denn?", brummt er ihm ins Ohr.

Eric wirft ihm einen wütenden Blick zu. „Ist nicht meine Schuld, okay?"

Ohne sich zu verabschieden, geht er. Er schreibt Gwen noch, dass die Torte in der Küche steht, dann stellt er das Handy auf Flugmodus und steckt sich die Kopfhörer in die Ohren.

Der Sand ist kalt. Eric hat die Schuhe ausgezogen und schlendert den Strand entlang. Das Meer beruhigt seinen Kopf.

Er setzt sich in die Dünen und beobachtet den Sternenhimmel. Die Luft ist kühl, aber es weht kein Wind. Für einen Moment fühlt er sich unendlich. Wie eins mit der Natur.

Aus seiner Hosentasche holt er ein Bild. Es zeigt seinen Vater, seine Mutter und sich selbst vor dem Strandcafé.

„Ich vermisse euch", flüstert er in die Nacht. Eine Sternschnuppe fliegt über den Himmel. Die Sterne sind viel schöner als in der Stadt. Hier sieht man viel mehr von ihnen.

Als er sich spät in der Nacht ins Haus schleicht, ist nirgendwo mehr Licht. Sein Auge brennt von Fynns Schlägen, aber er beißt die Zähne zusammen. Oben im Bett denkt er nicht weiter nach, schließt nur die Augen.

Leider wird kein Tag leichter. Er sieht Gwen zwar noch, aber mittlerweile grüßen sie sich nicht mal mehr, und Fynn hat es jetzt auf ihn abgesehen. Meistens sind es nur miese Sticheleien und Bemerkungen, aber einmal wird er auch handgreiflich. Eric hat sich nicht mal gewehrt, er konnte es nicht mal. Zwei Jungs hielten ihn fest, während Fynn zuschlug.

Seiner Oma erzählt Eric nichts, auch Anton nicht. Er ist zwar sein bester Freund, aber Eric will nicht wie ein Weichei da stehen.

Eines Morgens, kurz bevor die Schule wieder beginnt, wacht Eric durch ein Klirren am Fenster auf. Kleine Kieselsteine fliegen gegen sein Fenster, er öffnet es.

„Rapunzel, Rapunzel! Lass dein Haar herunter!", ruft Anton von unten.

Eric entfährt ein lautes Lachen. „Was ist los?"

„Gwen hat mit Fynn Schluss gemacht. Dein Einsatz, Mann!"

Eric zieht sich Jeans und T-Shirt an, schlüpft in seine Schuhe und fährt mit Anton zum Strand.

„Was ist denn passiert?", fragt er auf dem Weg.

„Er war total besoffen, und sie waren am Strand unten", beschreibt Anton die Situation. „Er hat in letzter Zeit eh so viel Scheiße gebaut, und da hat er ihr erzählt, dass er sie letzten Monat betrogen hat. Du weißt ja, dass sie schon sehr von ihm genervt war. Da hat sie gesagt, dass er ein egoistisches Arschloch ist. Fynn hat ihr 'ne Schelle gegeben, und Gwen ist total ausgetickt, hat gesagt, dass es aus ist und ist mit Monique abgehauen."

„Verdammt, dass hat er nicht im Ernst gemacht?"
Anton zuckt mit den Schultern.

Beim Strandcafé angekommen ist Gwen nirgends zusehen. Anton entdeckt Monique: „Ey Monique, wo ist denn Gwen?"

„Spazieren", antwortet sie schroff und zeigt in die Richtung, in die sie wohl gegangen ist.

Anton haut Eric gegen die Schulter. „Los! Du wirst sie in nächster Zeit selten alleine erwischen."

Eric macht sich auf. Er genießt die Sonne und das Wasser an seinen Füßen. Er läuft einige Zeit, bis er Gwen in den Dünen sitzen sieht. „Du sitzt hier so alleine." Er wirft ihr ein Lächeln zu.

„Ich denke, du weißt, was passiert ist", sagt sie.

Eric nickt. „Du hast was Besseres verdient. Das sagt man zwar immer, aber du brauchst wirklich keinen Plastikfreund in einer Plastikwelt."

„Danke. Das ist süß von dir!"
Er kann ein mattes Lächeln auf ihren Lippen erkennen.

„Die Torte war übrigens unglaublich!"

„Ist ein Familienrezept von meiner Oma."

„Eric, du! Die Sache mit Fynn tut mir wirklich leid. Ich weiß, dass er das maßlos übertrieben hat, und ich schäme mich so für ihn. Ich war auch so ungerecht, dass ich dich nur noch ignoriert habe und sowas. Du bist ein toller Junge, und ich hab' dich echt gerne."

Die beiden unterhalten sich noch einige Zeit, bis Gwen einen Anruf ihrer Mutter erhält und nachhause zum Essen muss.

Auf dem Weg nachhause ist Eric unglaublich glücklich. Er nimmt die Hände vom Lenker und hebt die Arme. Fühlt sich wie Fliegen an, denkt er. Das Fahrrad stellt er an der Hauswand ab und betritt das Haus.

„Oma! Bin zurück", ruft er, bekommt jedoch keine Antwort. „Oma?"

Sie sitzt in der Küche. Die schmalen Hände vor dem Gesicht. Andauernd schluchzt sie. Auf dem Tisch liegt ein Brief, den Oma Tessa ihm entgegen schiebt. Eric lässt sich auf einen Stuhl fallen. Er nimmt den Brief aus dem dünnen, weißen Umschlag und entfaltet ihn.

Sein Gesicht wird weiß, die Hände zittern. „Nein...", flüstert er dem Brief entgegen.

Es ist ein Brief aus Afghanistan, doch nicht von seinem Vater.

Der Brief berichtet, dass sein lieber Vater Theo ins Koma fiel. Er bekam bei einer Explosion im Versorgungszentrum Steine gegen den Kopf, und es ist noch nicht klar, ob er überlebt.

Der Brief fällt zu Boden, ihm ist plötzlich so unglaublich schwindelig. Er versucht, die Treppe in sein Zimmer hoch zukommen, aber es fällt ihm schwer. Das Zimmer kommt ihm so klein vor, er lässt sich aufs Bett fallen und starrt aus dem Fenster. Er sieht sich im Zimmer um. Seine Augen bleiben an dem „Glückssand" hängen.

„Scheiße! Du hast überhaupt kein Glück gebracht!“, schreit er, während er es gegen die Wand wirft. In dem Moment, als das Glas an der Wand zerspringt und sich eine dünne Sandschicht über sein Zimmer legt, tut es ihm schon wieder unglaublich leid. Eric versucht den Sand wieder zusammen zu bekommen, doch der ist überall. Müde sinkt er auf dem sandigen Bett zusammen und schließt die Augen.

Nach einigen Tagen gibt es immer noch keine neue Meldung. Eric bleibt zuhause. Anton kommt ihm einige Male besuchen, sonst will er niemanden sehen. Besonders Gwen nicht. Er will nicht, dass sie ihn so sieht.

Oma Tessa weint viel. Eric nicht. Es kommt ihm so unreal vor, doch er tröstet seine Großmutter viel. Sie verbringen viel Zeit gemeinsam, kochen und schauen Filme.

Doch Eric kann nicht ewig in dem kleinen Strandhaus bleiben. Die Schule beginnt.

Anton wartet an der Kreuzung, wie früher. Gemeinsam betreten sie die Schule. Vor dem Direktorat klopft er ihm noch einmal freundschaftlich auf die Schulter.

„Schaffst du! Bis gleich.“ Er lässt Eric alleine und dieser betritt nach kurzem Klopfen das Büro.

Die Pause verbringt er mit Anton und einigen anderen Jungs. Gwen läuft mit einigen Freundinnen den Gang hinunter. Er denkt schon, sie ignoriert ihn, doch kurz darauf kommt sie auf ihn zu. Umarmt ihn kurz und flüstert ihm ein leises „Tut mir echt leid für dich“ ins Ohr. Eric hat sich schon gedacht, dass Anton ihr von seinem Vater berichten würde.

Sie unterhalten sich recht normal in der Gruppe, bis Fynn dazu stößt. Die dummen Bemerkungen fangen wieder an, etwas, was Eric jetzt echt nicht gebrauchen kann. Anton weist

Fynn einige Male darauf hin.

„Wieso? Er ist doch an allem schuld!“, ruft Fynn. „Wir hätten uns nicht getrennt, wenn der Typ nicht wieder hergekommen wäre. Meldet sich Jahre nicht, und jetzt freut ihr euch alle, dass er wieder da ist.“

Es klingelt. Fynn wirft Eric einen Blick zu, der ihn umgebracht hätte, wenn Blicke töten könnten.

„Wird schon wieder.“ Gwen lächelt ihm besorgt zu.

Am nächsten Tag begegnen sie sich wieder.

„Gibt es schon etwas Neues?“, fragt sie, als sie ihm im Strandcafé entgegen kommt.

Eric schüttelt müde den Kopf. Er hat wenig geschlafen in der letzten Nacht. Viel Gedacht.

„Hey! Er kommt schon durch. Theo ist doch ein Kämpfer. Ich erinnere mich noch an früher“, sagt Gwen und lacht. „Beim Wettessen auf der Kirmes, da hatte doch keiner eine Chance! Also kriegt er das auch hin.“

Eric kann sich auch noch gut erinnern, er war immer sehr stolz, wenn sein Vater wieder mal gewann.

Als Eric nach Einbruch der Dunkelheit das Strandcafé verlassen will, ziehen ihn zwei Hände hinter das Gebäude. Fynn steht vor ihm. Er ist mindestens einen Kopf größer und sieht nicht grade fröhlich aus. „Es reicht mir langsam, Swenson! Wenn du noch länger mit meinem Mädchen turtelst, wachst du das nächste Mal im Krankenhaus auf. Also, verpiss dich!“ Er lässt Erics Kragen los und schubst ihn in Richtung Fahrräder.

Erics Knie fühlen sich wie Wackelpudding an, sein Atem geht schnell, und er braucht länger als gewöhnlich nachhause. Er hat Gwen unheimlich gerne, aber er hat schon eine Kostprobe davon bekommen, wozu Fynn fähig ist.

Schlafen fällt ihm heute schwer, gegessen hat er auch nichts. Trotzdem sagt er seiner Großmutter, er habe im Strandcafé schon etwas gegessen.

Gwen grüßt ihn, Eric sie nicht. Gwen ruft an, Eric drückt sie weg. Gwen schreibt ihm, Eric antwortet nicht.

Er hat keinem von der kleinen Geschichte erzählt, Anton würde ausrasten.

Eric, Anton und ein paar der anderen sitzen auf der Tischtennisplatte, die Sonne scheint ihnen ins Gesicht. Es ist ein toller Tag!

Jemand steht Eric plötzlich in der Sonne und tippt ihm auf die Schulter.

Er öffnet die Augen, vor ihm steht Gwen. Ruckartig setzt er sich grade auf und streicht sich das T-Shirt glatt.

„Bitte, Eric." Sie bedeutet ihm mitzukommen.

Sie stehen unter einer großen Eiche nahe dem Schulgebäude.

„Gwen, ich kann nicht." Eric dreht sich schon wieder um, doch sie hält ihn zurück.

„Was ist los? Was hab ich gemacht?"
Ihre grünen Augen glänzen, und der Wind weht ihr die dunkelblonden Haare ins Gesicht.

„Fynn", ist alles was er grade heraus bekommt.

„Was ist mit ihm? Was hat er wieder gemacht?"
Doch bevor Eric antworten kann, steht Fynn selbst neben ihm. „Scheiße Mann, ich hab dir doch gesagt, du solltest es lassen!"

Erics Auge pocht, doch er schlägt zurück. Wenn er schon zum Scheitern verurteilt ist, dann zumindest nicht kampflos. Doch Fynn verpasst ihm einen Schlag, der ihn in die Knie zwingt.

„HEY!", schreit plötzlich eine Stimme aus dem Nichts.

Fynns Hand bremst kurz vor Erics Nase. Eric schaut sich um. Es hat sich eine Menschentraube gebildet, die die beiden beobachtet. Eine junge Frau kämpft sich zwischen den Leuten durch.

Sie zieht Fynn von Eric runter und hilft dann Eric hoch. „So! Ihr zwei kommt mal mit in mein Büro." Die junge Lehrerin ist Frau Watson aus England, die man extra als Vertrauenslehrerin herholte.

„Was ist denn in euch gefahren?", fragt sie. Beide Jungen schweigen.

Sie seufzt: „Ich weiß nicht, was das Problem zwischen euch ist, aber ich gehe jetzt raus und ihr bleibt hier drin, bis ihr euch ausgesprochen habt." Sie verlässt den Raum.

Eric fängt an. „Ist ja okay, wenn du sie wieder haben willst, aber du brauchst mich echt nicht dauernd schlagen. Lass mich einfach in Ruhe. Ich weiß nicht, was du für ein Problem mit mir hast."

„Ich hab kein Problem mit dir", flüstert Fynn zaghaft.

„Was ist denn sonst los?"

Fynn braucht einige Zeit, aber er reißt sich tatsächlich zusammen und redet: „Ich muss mir doch irgendwie Respekt verschaffen, sonst stehe ich bei meinen Eltern wie ein Nichtskönner da."

„Aber doch nicht mit Gewalt. Das kann man auch anders regeln."

„Scheiße, Mann. Ich bin nicht so ein Genie wie meine Schwester. Ich kann doch sonst nichts." Fynn schreit förmlich.

Das erschreckt Eric richtig. „Natürlich bist du in etwas gut. In Sport oder... In Chemie bist du doch auch nicht schlecht."

„Es ist einfach echt schwer bei mir zuhause. Meine Eltern haben wenig Zeit und meine Schwester ist nur noch selten da."

Fynn sieht betrübt zu Boden.

Eric hat ihn noch nie traurig gesehen. „Und dann sind da auch noch du und Gwen. Du hast keine Ahnung, was Gwen für mich war.“

Erst ist Eric sich nicht ganz sicher, aber Fynn, der große, muskulöse Typ, der ihn eben noch krankenhausreif prügeln wollte, weint. Nicht doll, aber er wischt sich grade eine Träne von der Wange.

Eric ist nun gespannt. „Was war sie denn für dich. Erklär‘ mir das doch.“

Fynn muss sich wirklich zusammen reißen, um nicht einfach aus dem Raum zu rennen. „Sie ist die Einzige, die mir mal zugehört hat, und die Einzige die mich geliebt hat. Wenn sie mich denn geliebt hat. Scheiße, ich hab keine Ahnung, warum ich dir das erzähle.“

„Ist okay, echt! Kein Problem und ich werd auch keinem erzählen, was hier passiert ist. Aus sicherer Quelle weiß ich außerdem, dass sie dich geliebt hat.“

„Ich brauch sie eben irgendwie.“

„Ich verstehe, was du meinst“, spricht Eric ihm gut zu. „Aber nur, weil ihr kein Paar mehr seid, kannst du doch trotzdem noch mit ihr reden. Gwen kann doch ganz gut verzeihen. Ehrlich Fynn, ihr könnt doch trotzdem Freunde bleiben. Hast du dir mal überlegt, dass eure Beziehung zuletzt gar nichts mehr mit Liebe zu tun hatte?“

Fynn scheint nicht mitzukommen. „Versteh ich nicht…“

„Ich meine, du hast so viel Mist gebaut. Vielleicht lag es daran, dass ihr euch nicht mehr geliebt habt, und ihr euch nichts mehr geben konntet. Glaubst du nicht, es ist besser so?“

„Verdammt, ich glaube, du hast sogar Recht. Vielleicht bin ich ja nicht so der Beziehungstyp.“

„Vielleicht ist Gwen zwar eine gute Freundin, aber vielleicht ist sie einfach nicht die Richtige für dich. Du findest schon dein Mädchen."

Fynn schaut ihn an, seine Augen sind rot und ein wenig verquollen. „Danke Mann!"

Beide stehen auf und umarmen sich kurz.

„Du solltest kurz auf die Toilette gehen, wegen deinen Augen. Du hast einen Ruf zu verlieren." Eric grinst.

Fynn hebt die Hand und verlässt den Raum. Eric geht ebenso, er möchte unbedingt mit Gwen reden und ihr seine Ignoranz erklären.

Die beiden setzen sich im Strandcafé zusammen.

„Er hat dir wirklich gedroht? Was für ein Schwein!!"

„Nein Gwen, er hat mir viel von euch und ihm selbst erzählt, ich verstehe sein Problem. Ich hab ihm das längst verziehen."

„Ich verzeih ihm das nicht!"

„Tu es. Bitte! Für mich."

„Vielleicht..."

Die beiden reden einige Zeit weiter, bis Eric nachhause muss.

Der Weg nachhause kommt ihm heute schöner vor, überall Blumen. Ihm kommen Leute mit Hunden entgegen, spazierende Pärchen, alte und junge. Radfahrer, Skater. Er grüßt alle. Zuhause hilft er seiner Oma beim Kochen, lädt Anton zum Essen ein. Oma Tessa holt die Brettspiele raus. Es wird ein witziger Abend.

Das Telefon klingelt. Eric schaut auf die Uhr. Kurz nach Zwei. Anton schläft einfach weiter, und seine Großmutter hört er auch nicht im Flur. Also steigt Eric aus dem Bett, das Telefon klingelt unaufhörlich.

„Hallo?“

„Hey, Sportsfreund!“

„PAPA!“

„Mach schon mal alles bereit, ich komme nachhause.“

„Wann? Wie geht es dir? Was ist los?“

„In ein paar Tagen. Ich bin noch angeschlagen, aber schon seit mehreren Tagen wach. Ich durfte jetzt erst anrufen. Tut mir leid, Kleiner!“

„Gott, Papa, ich freu mich so! Ich hatte so Angst.“ Endlich kann er weinen. Nach all der Zeit, fließen die Tränen über sein Gesicht. „Du kommst nachhause.“ Die beiden telefonieren noch einige Zeit, bis Erics Vater weg muss.

Eric läuft die Treppen hoch, nimmt drei Stufen auf einmal.

„ER KOMMT NACHHAUSE!“

Gwen und Anton sind mit zum Flughafen gekommen, und auch Johannes, der Fischer ist dabei. Oma Tessa zittert schon die ganze Zeit, Johannes musste das Fahren übernehmen. Eric ist aufgeregt, endlich bekommt er seinen Vater wieder. Sie stehen in der Empfangshalle, Gwen nimmt vorsichtig seine Hand, doch Eric starrt nur auf die elektronischen Türen, jedes Mal, wenn sie sich öffnen, drückt er ihre Hand ganz fest. „THEO!“, ruft Oma Tessa.

Erics Augen glänzen, und er lässt Gwens Hand los und läuft zu seinem Vater. „Ich hab dich so unglaublich vermisst.“.

Theo begrüßt seine Mutter und die anderen.

„Schön, dass es Ihnen wieder gut geht!“ Gwen lächelt. „Ihr Sohn hat sich wirklich Sorgen gemacht.“

Das Auto ist proppenvoll. Sie haben einen Platz zu wenig. „Sonst setz ich mich eben auf Erics Schoß“, wirft Gwen beiläufig ein. So sitzen Johannes und Erics Vater vorne und Anton, Oma und Eric mit Gwen auf dem Schoß hinten.

Zuhause wird erst mal gekocht. Alle helfen, und es mach wirklich Spaß. Anton und Eric schmieren sich gegenseitig Soßen ins Gesicht. Gwen filmt sie dabei. Theo erzählt Geschichten aus den letzten Monaten und Johannes holt frische Fische aus dem Auto.

Das Essen ist köstlich, und es bleibt wenig übrig.

„Ich war schon Ewigkeiten nicht mehr am Strand", meint Erics Vater nach einiger Zeit. „Na los! Lasst uns an den Strand gehen."

Oma Tessa, Johannes und Theo unterhalten sich, mit den Füßen im Meer. Anton hat Monique angerufen, und die beiden sind in der Abenddämmerung schwimmen gegangen. Gwen und Eric spazieren den Strand entlang.

„Schon heftig, was in den letzten Wochen passiert ist, was?", fragt Gwen.

Eric nickt. „Danke nochmal, dass du mich so unterstützt hast. Das war echt lieb von dir, und es hat mir sehr geholfen, dich da zu haben." Er lächelt verlegen.

„Du Eric?" Gwen bleibt stehen. Sie sieht im in die Augen, dann aufs Meer. „Wir haben in den letzten Wochen so viel Zeit miteinander verbracht und weißt du", sie stockt, „ich hab dich wirklich unglaublich gerne."

Heißt das, sie liebt ihn? Eric kann es kaum fassen. Das Mädchen seiner Träum ist in ihn, Eric Swenson, verschossen?

„Eric? Hast du mir zugehört?", fragt sie verwirrt.

Erics Herz schlägt so laut, seltsam, dass man es nicht im ganzen Dorf hört. „Gwen, ich.." Doch er hört auf zu reden und überlegt es sich anders. Langsam neigt er seinen Kopf und kommt Gwens Gesicht immer näher. Kurz bevor ihre Lippen sich berühren, hält er inne. Sie atmen praktisch dieselbe Luft. Vorsichtig drückt er seine Lippen auf ihre und schließt die Augen.

Eric legt seine Hand an ihre Wange und sie verschränkt ihre Arme in seinem Nacken. Es ist ein langer, zärtlicher Kuss. Sie lösen sich und Eric lächelt sie an. „Möchtest du, Gwen Jensen, offiziell meine Freundin sein?“

„Um Gottes Willen, ja, du Dummkopf!“ Sie küsst ihn wieder.

Er nimmt Gwens Hand und verschränkt seine Finger mit ihren. Langsam schlendern sie zurück. Wie damals in dieser Nacht alleine am Strand, fühlt Eric sich unendlich. Aber ein anderes Unendlich. Ein Unendlich, das man unbedingt teilen möchte. Und Eric möchte es mit Gwen teilen.

Epilog

Der Tag ist richtig schön. Eric und Gwen laufen Hand in Hand durchs Dorf. Die Ferien haben gerade erst begonnen, deshalb gibt es am Abend noch eine Feier, die Anton und Monique organisieren. Die zwei sind mittlerweile auch ein Paar. Jeder soll etwas zu essen mitbringen. Eric hat sich überlegt, die neue Bäckerei von seinem Vater und Oma Tessa ein bisschen anzupreisen, darum sind sie auf dem Weg zur Bäckerei. Erics Vater wollte schon lange Zeit eine Bäckerei. Immer, wenn sie kurz bei Oma Tessa reinschneiten, redeten sie über ihre grandiose Idee. Sie können beide wirklich unglaublich gut backen. Und besonders zusammen backen sie gerne.

Eric war in den Osterferien mit Gwen und ihren Eltern im Urlaub und als er zurückkam, waren die Planungen schon im vollen Gange. Einfach so! Seine Großmutter und Theo haben sich überlegt, dass Theo jetzt nicht mehr zurück zur Bundeswehr kann, und er ja etwas anderes machen sollte. So setzten sie ihre Idee in die Tat um.

Die Bäckerei ist in der Nähe der Kreuzung, an der sich Anton und Eric immer treffen, um zur Schule zu fahren. Auf der gestreiften Markise steht groß: „Die kleinen Nordseebäcker“.

Oma Tessa fand den Namen so „niedlich“, dass das Geschäft unbedingt so heißen musste. „Ach Eric. Was machst du denn hier?“, fragt seine Großmutter erstaunt, als die beiden den Laden betreten.

„Hat Papa dir nicht Bescheid gesagt, dass Gwen und ich was für die Party bei Anton nachher brauchen?“

„Ach, das hab ich ja ganz vergessen!“

Mit bunten Macarons und einem kleinen Kuchen betreten Gwen und Eric die Feier. Das Essen wird ihnen dankend abgenommen. Anton und Monique sind auf der Tanzfläche. Fynns Freundin Alina unterhält sich mit ein paar Mädchen aus der Schule. Fynn selbst hat sich zusammen gerissen, hat sich in der Schule bemüht und ist jetzt auf einem Auslandsjahr in Amerika.

„Eric, sie spielen unseren Song, na komm, wir müssen tanzen!“ Gwen zieht ihn zu den anderen eng tanzenden Pärchen.

Sie verschränkt ihre Arme in seinem Nacken und legt ihren Kopf an Erics Brust. Er umfasst ihre Hüfte und so tanzen sie, engumschlungen, Ewigkeiten.

Marie Lumeau (13)

So perfekt unperfekt

Leer, das ist das einzige Wort, das meinen Gefühlszustand am besten beschreiben kann.

Ich stehe im Flur. Links von mir steht das Schuhregal, welches nur so von Schuhen erdrückt wird. Sein Lieblingspaar, die blauen, liegen ganz oben auf dem Berg. Es sieht so aus, als würden sie auf ihn warten, als würde er sie gleich nehmen und mit ihnen ins Freie gehen.

Im Flur hängen hunderte Bilder. Von uns beiden. Es gibt Bilder wo wir lachen, Grimassen schneiden, oder uns einfach in die Augen schauen. Wir haben es geliebt, Fotos zu machen, egal ob wir im Urlaub, auf irgendeiner Party oder einfach zu Hause auf der Couch waren. Fast jeden Tag haben wir eins gemacht. Insgesamt habe ich 963 Bilder auf meinem Handy. Ich gehe weiter in die Küche. Der Vollmond lässt die Küche in einem sanften weißen Licht schimmern. Der Kühlschrank gibt nur ein leises Brummen von sich. Seine leere Lieblingstasse steht noch am Wasserkocher.

Der Esstisch ist noch immer gedeckt. Zwei Tassen, ein Teller und eine Müslischüssel. Der Geschirrspüler wurde noch nicht ausgeräumt, sodass das saubere Geschirr noch immer darin liegt. Ich gehe weiter ins Wohnzimmer. Der Fernseher ist aus, Konzertplakate hängen an der Wand. Auf dem kleinen Tisch steht eine Vase mit einer roten Rose, sie ist verwelkt.

„Ich liebe dich, Mila", hatte er gesagt. Er stand mit dieser Rose im Wohnzimmer, sein Blick sanft, voller Ehrlichkeit und Hingabe. „Jeden Tag ein bisschen mehr, wenn das überhaupt noch möglich ist."

In meinem Hals bildete sich ein großer Kloß, mein Herz wurde wohlig warm. Völlig überwältigt von seinen Worten legte ich meine Arme um seinen Hals. Ganz langsam berührten seine Lippen meine. Sie waren sanft und vertraut, hatten einen leichten Geschmack nach Kirschen. Er legte seine Hände ruckartig an meine Hüfte und zog mich an sich heran. Vor Schreck verlor ich das Gleichgewicht und Yuma versuchte mich noch aufzufangen. Sein Versuch scheiterte kläglich. Er flog mit dem Rücken aufs Parkett, ich auf ihn.

„Aua!"

Er verzog sein Gesicht so, dass er mich zum Lachen brachte.

„Ey, lach nicht, dass ist nicht lustig, es tut verdammt weh, jetzt geh runter von mir, du Hexe."

Das brachte mich noch mehr zum Lachen, und ich rollte von ihm runter.

Die Wand hinter dem Sofa wurde von einem Zitat geschmückt. „Sind so perfekt unperfekt." Das war unser Zitat, der Spruch, der mir immer ein kleines Lächeln ins Gesicht zauberte. Er sagte diese Worte immer nach einem Streit, dann nahm er mich auch in den Arm und legte seinen Kopf an meinen. Wenn er das tat, fühlte ich mich geborgen und sicher, so, als wäre er mein Schutzschild, als könnte mir nichts wehtun.

Ich gehe ins Schlafzimmer. Direkt links neben der Tür steht das leuchtende Regal. Blau, lila, pink grün. Alle 48 Sekunden strahlt es in einem neuen Licht. Es hat schon immer eine besondere, magische Wirkung auf mich.

„Es macht so ein harmonisches Gefühl. Alle 48 Sekunden eine neue Farbe, ist das nicht perfekt?"

„Ja, ist es. Kommst du jetzt ins Bett?"

Fünf Minuten später lagen wir gemeinsam im Bett. Sein Kopf auf meinem Bauch. Ich hatte ihn mal gefragt, warum er das tat. Er antwortete: „Ich möchte sicher gehen, dass du noch atmest.“

Darauf wollte ich nichts erwidern, denn sonst hätten wir uns vielleicht gestritten, was ich nicht wollte.

„Ich bin froh, dass wir jetzt eine eigene Wohnung gefunden haben“, sagte er. „Jetzt sind wir ungestört und haben keinen Mitbewohner, der uns ständig auf die Nerven geht.“

„Danke“, konnte ich nur flüstern.

Ich bin müde. Schlafen kann ich im Moment nicht. Ich versuche es trotzdem. Wie in Trance liege ich im Bett. Meine Gedanken wuseln im Kopf herum, sie sind chaotisch und keinen Gedanken kann ich richtig zu Ende führen. Langsam fühle ich die Schwere auf meinen Lidern. Ich erahne, was auf mich zukommt. Ich will es nicht.

Wir wollten doch nur ins Kino.

„Was willst du gucken?“, fragte Yuma.

„Du führst mich aus, oder? Ich lass mich überraschen.“ Er schaute mich planlos an. Ich war gespannt, was er aussuchen würde.

Zehn Minuten, eine Riesen-Popcorntüte und zwei Fantas später saßen wir in der hintersten Ecke. Das Kino war, bis auf 3 Kinder und eine Mutter leer. Wir schauten Spongebob.

Ich gab ein kleines Schnaufen von mir. Yuma schaute mich an und grinste zuckersüß.

War ja irgendwie klar. Er ist meistens wie ein kleiner fünfjähriger Junge, der auf alte Kinderserien steht und Kung-Fu-Panda-Figuren sammelt. Ist ja auch süß von ihm, denn was soll ich mit einem Freund, der durchgehend ernst bleibt und das Leben nicht in vollen Zügen genießt?
Ja, noch einmal Kind sein wäre ein Traum, dachte ich. Keine

Regeln, man kann sich die Klamotten vollsauen und muss nicht an die Zukunft denken.

Die Werbung endete und der Film fing an. Yuma fing an, über das ganze Gesicht zu strahlen, nahm meine Hand und richtete seinen Blick auf die Leinwand. Seine dunkelbraunen, fast schwarzen Haare standen in alle möglichen Richtungen ab, wurden nur von einem Bandana hochgehalten. Mich weckte das Verlangen, meine freie Hand durch seine weichen Haare zu wuscheln, mich auf seine Beine zu setzen, den Kopf auf seine Brust zu legen und dort für immer zu verweilen. Er ertappte mich beim Träumen, nahm seine Hand aus unserem Griff, legte beide Hände an meine Wange, gab mir einen kurzen Kuss auf die Nasenspitze und lächelte mich mit seinen waldgrünen Augen an. In ihnen sah ich seine Zukunft mit mir.

„Alles gut?“, fragte er mich leise.

Ich nickte nur. Er wendete seinen Blick wieder der Leinwand zu, seine Hand mit meiner im festen Griff.

Ein Schatten schlich durch die Tür des Kinosaals und setzte sich neben mich. Ich konnte die Person im ersten Moment nicht erkennen, jedoch, nach einem zweiten, genaueren Blick kroch ein Schauer meinen Rücken herauf. Dieser Jemand drehte seinen Kopf so, dass sein eiserner Blick meinen traf. Pascal!

Vor zwei Jahren hatte ich ihn das erste Mal gesehen. Ich war mit meiner damals besten Freundin in einer Disko.

„Lass uns als erstes zur Bar, ich will mich munter trinken!“, sagte sie.

Anastasia hatte mich in die Disko geschleppt. Ihr Freund Julius hatte sie betrogen. Mehr weiß ich auch nicht, denn sie hat mich bestürzt angerufen und gesagt, dass ich gezwungen sei, mit ihr feiern zu gehen. Sie fühlt sich dreckig, und ich bin ihr Ersatz, dachte ich. Sie bestellte 6 Shots. Drei für mich, drei für sie. ‚Will sie uns ins Koma saufen? ‘, dachte ich.

„Ich will tanzen“, sagte sie.

Anastasia zog mich mitten auf die Tanzfläche. Überall roch es widerlich nach Schweiß und Alkohol.

Meine beste Freundin tanzte bald eng umschlungen mit einem Jungen. Er sah aus wie ein typisches Unterwäsche-Model.

‚Geht bestimmt sechs Mal in der Woche zum Fitnessstudio‘, dachte ich.

Mir wurde übel. Panisch suchte ich den Weg zur Toilette. Es stank nach Kotze. Ich stolperte über eine Schüssel und ergab mich dem Drang, alles aus meinem Körper zu verbannen. Mein Hals brannte wie ein loderndes Feuer und mein Körper schrie nach Sauerstoff. Draußen lehnte ich mich gegen eine Hauswand, schloss die Augen und genoss den vergehenden Schmerz in meiner Lunge.

„Geht´s dir auch nicht gerade berauschend?“

Ich öffnete die Augen und sah einen blonden Jungen in meinem Alter, der mich fragend ansah. Ich konnte nur lachen.

„Berauschend? Nee. Meine beste Freundin knuspert gerade mit einem Typen und interessiert sich kein Stück für mich, und dann musste ich einfach raus.“

Ich beließ es dabei, denn er musste nicht unbedingt wissen, dass ich Alkohol nicht gut verkraftete. Er sah auch nicht sonderlich nüchtern aus.

Ich musterte ihn. Blonde, hoch gegelte Haare, klare graue Augen, die fast schon einen eisigen Stich hatten. Schwarzes T-Shirt, darüber eine ebenfalls schwarze Lederjacke mit einer blauen Jeanshose. Schlecht sah er nicht aus.

„Wie heißt du überhaupt?“, fragte ich.

„Pascal. Kein besonderer Name. Du?“

„Mila. Ebenfalls nichts Besonderes.“

„Er passt zu dir.“

Es war irgendwie süß, so wie er da stand und mich interessiert ansah. Er reichte mir seine Hand, die ich misstrauisch betrachtete.

„Ich will dir was zeigen. Kommst du mit?"

„Ist das deine Art, Frauen mit nach Hause zu schleppen?"

Er lachte. „Finde es doch selbst heraus."

Mit meiner Hand in seiner wanderten wir durch die Nacht. Der eisige Wind zerzauste meine Haare und ließ mein Kleid durch die Luft flattern. Mir war kalt, trotz meiner Jacke, die ich noch vor unserer "Wanderung" von der Garderobe geholt hatte. Anastasia war mir egal, denn sie lag bestimmt mit dem Fitnessboy in der Kiste. Hoffentlich bei ihm, denn ich hatte keine Lust, ihn morgen früh halbnackt in der Küche anzutreffen. Vertieft in Gedanken bemerkte ich gar nicht, dass wir vor einem alten Hochhaus standen, das einer Ruine glich.

„Hier lebst du? Ist das überhaupt bewohnbar?"

„Es sieht von außen gefährlich kaputt aus, ist aber von innen noch ganz okay. Aber ich will dir nicht die Chaos-WG zeigen, sondern was viel Besseres."

Er packte mich am Handgelenk und zog mich das Treppenhaus empor. Oben öffnete er eine schwere Stahltür und ließ uns den kalten Nachtwind ins Gesicht wehen. Wir waren auf dem Dach des Hauses und hatten eine echt fantastische Übersicht über München. Noch lange standen wir da und sahen uns die Stadt an. Langsam wurde ich müde und fragte Pascal nach einer Übernachtungsmöglichkeit.

„Na klar, kannst in der WG übernachten."

„Danke."

Wir gingen runter in die Wohnung. Sie war groß und sehr durcheinander. Überall lagen leere Pfandflaschen und dreckige Klamotten auf dem Boden. Pascal fegte sie zur Seite um mir Durchgang zu gewähren.

„Mensch, hier muss mal dringend jemand aufräumen."
Der Flur war lang. An ihm grenzten etliche Türen, aus dem kein einziges Geräusch kam. Am Ende lag eine schwarze Tür in den Angeln. Pascal ging direkt auf sie zu und öffnete sie. Sein Zimmer war viel ordentlicher als der Flur. Gegenüber von mir war ein großes Fenster, rechts davon der etwas mickrig aussehende Schrank und links sein großes Bett.

„Ich zeig dir das Badezimmer, da kannst du dich fertig machen."

„Ja, danke. Ich hab keine Schlafsachen, könnte ich vielleicht welche von dir haben?"

„Ja klar, bediene dich einfach an meinem Schrank." Mit diesen Worten verließ er das Zimmer.

Ich öffnete seinen Schrank, eine graue Jogginghose und ein Schwarzer Pullover fielen mir zum Opfer. Mit ihnen ging ich ins Badezimmer und bekam einen Einblick in sein WG-Leben. Sämtliche Parfüms, Body Lotions und Schminke erstreckten sich über die Regale. Ich suchte mir Feuchttücher, um mich abzuschminken und zog mich um. Ich stapfte zurück in sein Zimmer, wo jetzt ein weiteres Paar Kissen und Decke lag.

„Du kannst auch bei uns auf dem Sofa schlafen, ich dachte mir halt nur, dass du lieber in einem sauberen Zimmer schläfst. Ich kann natürlich auch ins Wohnzimmer rüber und dir das Bett überlassen."

„Nein, Nein. Brauchst du nicht."
Ich legte mein Kopfkissen auf die Fuß Seite und machte es mir bequem. Er schaute mich von der Kopfseite an und grinste. Da spürte ich auch schon Fingerkuppen an meinen Füßen, die mich kitzelten. Ich hatte Pech, denn ich war sehr kitzlig. Pascal kitzelte mich, obwohl ich ihn mehrfach anflehte, einfach weiter. Das endete mit einer Rauferei und zuletzt mit einer Kissenschlacht. Schließlich lagen wir beide außer Atem

in seinem Bett. Die Füße des anderen umklammert, schliefen wir ein.

Von da an sahen wir uns regelmäßig. Ich lernte seine Mitbewohner kennen und kam echt gut mit ihnen aus. Zwischen Pascal und mir herrschte eine besondere Harmonie, was die anderen leider auch mitbekamen. Sie sagten immer, wie süß wir wären, und dass wir endlich zu unserer angeblichen Beziehung stehen sollten. Doch wir waren eher beste Freunde und eigneten uns, meiner Meinung nach, nicht als Paar.

Pascal und ich saßen jeden Abend bei ihm im Zimmer, aßen irgendein Fast Food wie Pizza, Pasta oder Döner und schauten einen Film. Manchmal lagen wir nach dem Film auf dem Bett und quatschten über Gott und die Welt. Man konnte sagen, dass ich schon fast bei ihm wohnte. Ich sah nur alle zwei bis drei Tage meine Wohnung mit Anastasia. Sie hatte wieder ́nen Neuen an ihrer Seite. Es war der Typ aus der Disko. Sie klebten förmlich aneinander. Er war immer bei ihr, wenn ich nach Hause ging, um mir neue Sachen zu holen.

Als ich an einem Abend wie immer bei Pascal im Zimmer hockte und mich über die neue Flamme von Anastasia aufregte, kam Pascal auf eine komische Idee, die jedoch nach längerem Nachdenken gar nicht so komisch schien.

„Zieh doch hier ein. Du bist doch eh meistens hier, und die WG würde sich auch drüber freuen, und du könntest doch mit zu mir ins Zimmer.“

Er hatte Recht. Schon zwei Wochen später hatten wir sein Zimmer so umsortiert, dass auch meine Sachen mit reinpassten. Zum späten Abend gingen wir alle aufs Dach, um meinen Einzug zu feiern. Wir waren jetzt acht Leute in dieser Wohnung. Zum Glück hatte ich mich in den letzten Wochen schon an das Chaos in dieser WG gewöhnt.
Die fünf anderen Jungs kamen mit drei Bierkisten und ei-

ner großen Tüte voller pink farbenen Kekse nach oben. Alle stürzten sich auf die Bierkästen und die Tüte. Einer der Jungs stellte Kerzen auf, die er gleich anzündete. Ein Mädchen legte Decken aus. Alle setzten sich hin und sahen mich erwartungsvoll an. Mir war es unangenehm, so angestarrt zu werden, und ich setzte mich neben Pascal auf eine Decke. Er gab mir ein Bier und einen Keks.

„Ich will nichts trinken."

Alle lachten.

Ich runzelte die Stirn, riss ihm den Keks aus der Hand und nahm einen großen Bissen. Ich wurde von den anderen auf eine komische Art angegrinst.

„Äh Leute, irgendwas stimmt mit diesen Keksen nicht." Ich starrte das kleine pinke Ding an. „Meine Zunge ist taub."

Wieder lachten alle. Pascal schaute mich an, legte einen Arm um meine Schulter und zog mich zu ihm.

„Das vergeht wieder, versprochen. Prost, auf Mila`s Einzug!"

Alle hoben ihr Bier in die Höhe und nahmen auch einen dieser Kekse. Ich bekam nichts mehr mit, hatte Angst und keinen Plan wieso, da sah ich auch schon Tiger mit Schlangenköpfen, Flügeln und Mäusefüßen auf mich zu rennen.

Jemand rüttelte mich aus meiner Erinnerung.

„Mila, alles gut?", fragte Yuma.

„Ja. Ja, alles gut."

Yuma nahm sanft meine Hand und drückte sie ganz vorsichtig.

„Es scheint so, als würdest du mich erkennen, kleines Mädchen."

Pascal warf seine Worte einfach rücksichtslos in den Raum. Ich war völlig genervt von seiner Anwesenheit.

„Nee, weißt du, ich bin nur dank dir durch die Hölle gelaufen. Yuma war derjenige, der mich gerettet hat."

„Er hat dich mir also weggenommen. Verstehe."

Seine Hände knetend und mit knirschenden Zähnen saß er da, total sauer. Er sah aus wie eine tickende Zeitbombe.

Yuma hatte dagegen eine Sorgenfalte auf seiner Stirn und legte besitzergreifend seine Hand um meine Hüfte.

„Und wie hast du ihn denn kennengelernt?", fragte Pascal.

Ja, das war eine besondere Geschichte. Ich denke inzwischen immer wieder an sie, so wie jetzt, während ich wach in meinem Bett liege und immer noch nicht schlafen kann.

„Ich gebe dir nochmal fünf Päckchen Gras und zwei Crack Kekse. Vertickst du die bis morgen früh, gebe ich dir deinen eigenen Stoff ok?", hatte Pascal gesagt.

„Kann ich die nicht jetzt schon haben? Ich halte das nicht mehr aus, bitte Pascal ich brauch das Zeug", bettelte ich.

Er schaute sich um, gerade ging keiner an der Gasse vorbei. Ich sah eine zerkrümelte Masse in seiner Hand. Ich nahm sie und aß sie auf. Kaum hatte ich sie runter geschluckt, da spürte ich schon die erlösende Taubheit auf meiner Zunge, die mir zeigte, dass bald die Wirkung des Cracks einsetzte. Mein bester Freund sah mich mit einem strengen Blick an.

„Mach einfach schnell, dann kannst du wieder nach Hause. Du weißt, wie die anderen sind, kommst du nicht mit genügend Geld nach Hause, musst du gucken, wo du die Nacht unterkommst. Ich warte zu Hause auf dich."

Er gab mir einen Kuss auf meinen Haaransatz und verschwand. Ich konnte nicht mehr, war fertig mit der Welt. Wie sollte ich innerhalb von fünf Stunden sieben Päckchen loswerden? Das war unmöglich. Ich wartete sehnlichst auf das erlösende Gefühl, das die Droge in mir hervorrufen sollte. Ich konnte nicht mehr stehen und sackte an der Mauer gelehnt zusammen. Heulend saß ich da und ließ alle Tränen aus mir heraus fließen. Ich wollte nicht mehr und überlegte, wie ich mich von dieser Welt trennen konnte. In meinem Kopf bildete sich ein schwammiges Gefühl, das mich dazu bewegte, meine Augen zu schließen. Vielleicht saß ich so Minuten oder Stunden da.

„Meinst du, sie ist tot?"

„Spinnst du?"

„Woher willst du das wissen? Sie sieht ja nicht sonderlich gesund aus, ich meine, sie ist nur noch Haut und Knochen, dazu noch blass und ihre Haare sehen kaputt aus."

„Bestimmt ist das einfach nur ein Mädchen, das zu viel Alkohol getrunken hat."

Ich traute mich nicht, die Augen zu öffnen. „Was ist, wenn das irgendwelche Verrückten sind, die mir an die Wäsche wollten", dachte ich.

Eine warme Hand fasste mir leicht an den Hals, dann spürte ich zwei Finger, die auf meinen Puls drückten. Ich hob meinen Kopf leicht, um dem Menschen in die Augen zu sehen. Sie waren grün. Nicht so ein stechendes Giftgrün, sondern ein leichtes Dunkelgrün mit hellen Akzenten am Rand. Der junge Mann schaute mich an und sein Gesicht zierte ein sanftmütiges Lächeln.

„Geht´s dir gut?"

Ich schaute ihn an und versuchte durch Blicke klar zu machen, dass es mir einigermaßen gut ging. Mein Hals brannte, sodass es nicht möglich war zu reden.

„Kannst du nicht reden?"

Kopfschütteln

„Zu viel Alkohol?"

Kopfschütteln

„Wurdest du zusammengeschlagen?"

Kopfschütteln

„Als ob du Drogen genommen hast!"

Nicken

„Wollen wir sie mit nach Hause nehmen? Nachher wird sie noch verschleppt oder so."

Erst jetzt bemerkte ich den zweiten. Er hatte braune Haare und Augen, dazu einen neugierigen und besorgten Blick. Ich war überfordert, was zur Folge hatte, dass ich mich der Dunkelheit ergab und mir schlussendlich alles egal war. Das letzte, was ich spürte, waren zwei Arme, die mich sachte von der Straße hoben.

Yuma tippte mir wieder auf die Schulter. Besorgt sah er mich an.

„Du bist heute so abwesend, was ist mit dir los?"

„Mir geht's gut Yuma, keine Sorgen, bin nur etwas müde." Pascal lehnte sich etwas über die Lehne des Kinositzes. Seine Pupillen waren geweitet, was bedeutete, dass er Drogen genommen hatte, typisch für ihn.

„Ich will dich wiederhaben, Mila, du gehörst mir und keinem anderen."

Vor Schreck rutschte ich weiter zu Yuma, in der Hoffnung, er würde mich beschützen.

„Was ist los, wer ist das?", fragte Yuma.

„Pascal", sagte ich.

„Mila gehört mir", sagte Pascal.

„Verstehe", sagte Yuma. „Du hast deine Chance nicht ergriffen. Man muss Mila vom ersten Tag an schätzen und beschützen. Du hast sie anscheinend vernachlässigt oder ausgenutzt. Du hast sie verloren, komm damit klar."

Yuma´s Stimme war so kräftig und laut, dass die Kinder und die Frau sich umdrehten und nach uns schauten. Wahrscheinlich dachten sie, dass wir nur irgendeinen Quatsch machten, und wendeten sich wieder dem Film zu. Pascals Hand zitterte. Seine Miene verzog sich so, dass sie an das Gesicht eines Teufels erinnerte. Er führte seine Hand zur Jackentasche, zückte etwas Silbernes und schoss mit diesem blitzschnell auf Yuma zu.

Yuma fasste sich an seinen Bauch. Sein T-Shirt war um die Klinge in seinem Bauch rot verfärbt.

Alles bewegte sich in Zeitlupe. Pascal, wie er aus dem Saal rannte, Yuma, der seine Augen schloss und nach hinten kippte und zuletzt die Sanitäter, die versuchten Yuma in irgendeiner Weise zu retten. Ich konnte mich nicht bewegen, nichts fühlen, außer den Schock. Was hatte Pascal getan? Warum nahm er mir das Wichtigste aus meinem Leben?

Die Kälte der frischen Nachtluft ließ meine Glieder erfrieren, ich wurde auf eine Bank gesetzt. Ein Polizist fuchtelte vor meinen Augen herum. Ich saß vor dem Kino, die Straße war ein einziges Chaos. Kranken- und Polizeiwagen standen kreuz und quer. Die Mutter mit ihren Kindern wurde auch von einem Polizisten befragt. Mein Blick wurde langsam klar, sodass ich den Polizisten besser ansehen konnte.

„Wie heißen Sie?“

„Mila.“

„Hatten sie eine Beziehung zu dem Opfer?“

„Ja.“

„Kannten Sie den Täter?“

Ich wollte ihn nicht kennen, Pascal war ein Monster, kein Mensch. Wie kommt man auf die Idee, ein Menschenleben zu beenden? Wie kann jemand so grässlich sein? Und was, wenn ich sage, dass ich ihn kannte? Dann würde alles auffliegen. Die Geschichte mit den Drogen, meine Beziehung zur Chaos WG? Wenn die alle ihre Strafe abgesessen haben und mich danach suchen würden? Die würden mich umbringen, da war ich mir sicher.

Was würde Yuma tun? Er würde sie trotzdem anzeigen. Das werde ich auch tun, dachte ich.

Als Entschuldigung für das, was Yuma gerade passiert war, egal wie viel Angst ich vor den Folgen hatte.

„Ja. Ja, ich kenne ihn."

Das Klingeln des Telefons reißt mich aus dem Schlaf. Müde und leicht verwirrt schleppe ich mich zur Ladestation, die im Wohnzimmer steht. Ich nehme das Telefon und setze mich auf das Sofa, die Rose direkt in meinem Blick.

„Hallo, Herr Doktor Schmidt hier, wir haben Ihren Freund operiert."

Mein Herz steht still. Was ist, wenn es Yuma nicht überstanden hat, wenn er nicht mehr am Leben ist? Was soll ich mit meinem Leben anfangen, wenn er nicht mehr da ist? Wer soll mich beschützen, nachts auf meinem Bauch liegen und sagen, dass er mich liebt? Wer soll mir dieses Kribbeln im Bauch geben und mich fühlen lassen, dass das Leben Höhen und Tiefen hat, trotzdem aber perfekt ist, dass wir einfach perfekt unperfekt sind? Wie soll ich ohne ihn weiterleben?

„Es gab einige Komplikationen, doch haben wir es geschafft, die Operation bis zum Ende durchzuziehen. Sie können ihn ab morgen besuchen."

Katharina Schöttke (16)

Schicksalsschwestern

Wer auch immer diese Geschichte liest, ich hoffe, du kannst sie glauben, denn ich sage dir jetzt schon, das wird nicht ganz einfach.

Ich bin Melinda. Ich lebe zusammen mit meinem Vater und meinen zwei Drillings-Schwestern in einem großen Haus, in einem kleinen Dorf namens Heringsdorf. Eigentlich kommen wir aus Hamburg. Wir sind hierher gezogen, nachdem meine Mutter gestorben ist. Damals waren wir gerade einmal zehn Jahre alt. Oh Mann, das tut ganz schön weh, darüber zu sprechen, immer noch, obwohl es jetzt inzwischen schon sechs Jahre her ist. Danach wollte mein Vater nur noch weg. Für uns war das ziemlich schwer, zuhause in Hamburg hatten wir zumindest noch unsere Freunde, Nachbarn, Menschen, die wir kannten, die uns kannten, die uns etwas Halt geben konnten, die mit uns trauerten und uns zu mindestens versuchten, etwas aufzufangen. Aber für meinen Vater war es einfach zu viel.

Unsere Situation zuhause ist ohnehin schon nicht ganz einfach. Meine Schwester Marina ist schon seit ihrer Geburt blind. Aber dafür kann sie unglaublich gut hören. Verstecken spielen hat mit ihr früher nie Spaß gemacht. Sie hat jedes Rascheln der Blätter und manchmal sogar unseren Atem gehört und uns dann sofort gefunden.

Und dann ist meine zweite Schwester auch noch taub. Sie musste, da wir sehr früh geboren wurden wie viele Drillinge, nach der Geburt sehr lange künstlich beatmet werden. Das hat sich so sehr auf ihr Gehör ausgewirkt, dass sie heute gar nichts mehr hört und daher auch fast nicht spricht. Etwas sprechen kann sie aber, da sie nicht von Anfang an komplett gehörlos war. Die ersten Jahre konnte sie mit einem speziellen Hörgerät noch einige Geräusche wahrnehmen. Mit der Zeit hat sich das aber so verschlechtert, dass nun auch das beste Hörgerät nichts mehr hilft.

Marina, Mona und ich waren ein eingespieltes Team und unsere Tage verliefen alle gleich. Bis zu jenem Tag, der erst einmal wie ein ganz normaler Tag begann.

Wie immer klingelte der Wecker um sechs Uhr. Ich streckte meine Hand in Richtung Nachttisch und wutsch.... na super, das war mein Wasserglas... jetzt war ich nass. Ich fröstelte, als mich ein kalter Luftzug vom offenen Fenster her traf.

Vor mich hin grummelnd setzte ich mich auf. Marina hatte sich ebenfalls aufgesetzt und begann zu kichern. Sie hatte natürlich sofort begriffen, was los war, auch ohne es zu sehen. Keine Ahnung, wie sie das immer macht, aber sie kann es halt einfach.

„Das ist nicht witzig!", sagte ich, doch noch während ich das sagte, musste ich selbst lachen. In diesem Moment setzte sich auch Mona auf. Sie musste wohl irgendwie die Stimmung im Raum gespürt haben. Als sie dann mein nasses T-Shirt sah, musste auch sie anfangen zu lachen. Einen Augenblick später begann ich dann wirklich zu frieren, das nasse T-Shirt klebte an meinem Oberkörper. Immer noch lachend stand ich auf und sagte: „Okay Leute, ich muss mich jetzt umziehen." Gleichzeitig formte ich die Worte mit den Händen in Gebärdensprache.

Bevor ich ins Bad verschwand, legte ich noch Marinas Klamotten auf's Bett, sodass sie da ran kam und sich ebenfalls fertig machen konnte.

Unser Frühstück war eigentlich ein Sonntags-Frühstück, mit Brötchen, Schinken, Orangensaft.... Das hatte Papa schon vorbereitet, so wie jeden Morgen, vielleicht eine Geste, mit der er gutmachen wollte, dass er so viel unterwegs war, und wir so unseren Tag selbst organisieren mussten. Ich dachte jeden Morgen darüber nach und kam jeden Morgen zum selben Schluss: Ich war ihm nicht böse, obwohl es sehr schwierig war, den ganzen Tag ohne ihn klarzukommen, aber er tat sein Bestes!

Aus diesem Grund war ich eigentlich diejenige, die den Tag managte. Mona und Marina waren auch immer gut dabei, mit zu organisieren, aber in manchen Dingen sind sie nun einmal eingeschränkt.

Die erste Schwierigkeit des Tages lag im Weg zum Bus. Wir mussten nach Aidelsted fahren, das war die nächstgrößere Stadt, in Heringsdorf gab es keine Schule. An jenem Tag nahm ich also Marina und Mona je an eine Hand. Wie immer hatte ich ein mulmiges Gefühl im Bauch. Ich hatte immer Angst, dass irgendetwas passieren könnte. Was, wenn ich aus irgendeinem Grund abgelenkt würde, da bräuchte ja nur ein hübscher Junge um die Ecke kommen. Was, wenn ich meine Schwestern dann aus Versehen los ließe und Marina auf die Straße liefe? Was, wenn Mona dann nicht mitbekommen würde, dass ein Auto kommt? Okay, Melinda, du darfst so etwas jetzt nicht denken, ermahnte ich mich still. Du musst dich konzentrieren!

Sowohl Marina als auch Mona spürten meine innere Unruhe. Mit einem leichten Handdruck signalisierten sie mir, dass sie bereit waren, und dass alle Sinne, die sie zur Verfügung hatten, bis aufs Äußerste gespitzt waren.

Eine einzelne Träne lief mir über die Wange, manchmal war es einfach zu viel Verantwortung, die ich da übernehmen musste. Verärgert wischte ich sie weg, atmete noch einmal tief ein, packte die Hände meiner Schwestern wieder, diesmal fester, und wir gingen los. Bei jeder Ampel, immer wenn wir die Straße überqueren mussten, machte mein Herz einen kleinen Angstsprung. Ich kannte das Gefühl nur allzu gut, aber trotzdem konnte ich mich nie daran gewöhnen.

Wir waren fast an der Bushaltestelle angelangt, nur noch einmal über die Straße, doch dann spürte ich einen Stoß von hinten. Es war so unerwartet, dass ich stolperte und hart auf den Asphalt fiel, dabei riss ich Mona und Marina mit. Marina schrie leise auf, und auch von Mona kam ein erschreckter Laut, doch bei ihr klang dieser eher erstickt.

Ohne auch nur zu bemerken, dass ich mir bei dem Sturz das Knie aufgeschlagen hatte, rappelte ich mich auf und zerrte meine beiden Schwestern zurück auf den Bürgersteig. Dort erwartete mich das hämische Grinsen eines Jungen, dessen Gesicht ich nur zu gut kannte. Groß, kräftig, breite Schultern, dunkle Haare, das war Thomas, der fieseste Junge der ganzen Schule. Die meisten anderen waren ganz okay, aber der...

Als ich in das Gesicht von Thomas blickte, kochte die Wut in mir hoch. Ich schrie ihn an, obwohl ich, bevor ich zu sprechen begann, wusste, dass das keine gute Idee war. Schließlich war er der Sohn unseres Direktors, was es auch so schwer machte, gegen seine verdammten Aktionen vorzugehen. Aber diesmal konnte ich mich nicht zurückhalten: „Sag mal, geht's noch? Bist du total bescheuert. Ist dir klar, was passiert wäre, wenn jetzt der Bus gekommen wäre? Wie kann man nur so dumm sein? Du..."

Ich suchte nach weiteren Worten, doch anstatt, dass mir mehr Beschimpfungen oder andere Dinge einfielen, die ich ihm an den Kopf werfen konnte, liefen mir Tränen über die Wangen. Ich konnte nichts dagegen tun.

Also führte Marina meine Worte zu Ende. Das ist, was ich am meisten an ihr bewundere. Trotz des Nachteils, den sie durch ihre Blindheit hat, hat sie in solchen Situationen ein unglaubliches Selbstvertrauen!

Alles was mir in diesem Moment nur in Wortfetzen einfiel, konnte sie in Sätze fassen und dabei klang sie auch noch einigermaßen ruhig.

„Als ich eben aufstand, hab ich noch überlegt von wem wohl eine solche Aktion kommt", sagte sie. „Hätte ich mir ja gleich denken können, dass du das warst, Thomas! Du verstehst es einfach nicht, oder? Das ist nicht lustig, das ist scheiße gefährlich! Sag mal, eins würde ich gerne wissen: Bist du eigentlich so blöd oder tust du nur so?"

Doch noch nicht einmal das ließ das fiese Grinsen von Thomas' Gesicht verschwinden. Stattdessen antwortete er mit einem drohenden Unterton und mit unverkennbarer Anspielung auf die Position seines Vaters: „Ich würde mir an eurer Stelle gut überlegen, wie ihr mich bezeichnet. Was kann ich denn dafür, wenn ihr schon bei einem Anticken auf die Nase fallt?"

Wie immer in solchen Situationen hatte Mona bis dahin nur unruhig daneben gestanden. Sie fühlte sich sichtlich unwohl und versuchte die Diskussion, so gut es ihr möglich war, zu verfolgen, indem sie sie sich bemühte, unsere Emotionen an unserer Körpersprache zu erkennen und an unseren Lippen abzulesen, was wir sagten. Nun griff sie nach Marinas und meiner Hand drehte sich um und zog uns mit.

Mona wusste immer, wann es Zeit war zu gehen, wann es nichts mehr brachte, sich weiter zu streiten. Eine Fähigkeit, die unglaublich war, im Hinblick darauf, dass sie ja den Wortwechsel nur bedingt verfolgen konnte.

Als wir uns umgedreht hatten, holte ich zitternd Luft, hatte mich dann aber wieder so weit gefasst, dass ich die anderen beiden wieder führen konnte.

Ohne uns noch einmal umzudrehen überquerten wir die Straße und stellten uns zu den anderen paar Jugendlichen, die von unserem kleinen Dorf nach Aidelsted zur Schule mussten. Es waren nicht viele, denn die meisten unserer Mitschüler wohnten direkt in der Stadt. Sie sahen auf mein Knie. Ich folgte ihrem Blick und erst da sah ich das Blut, das inzwischen an meinem Bein herunter lief, und jetzt begann es auch wehzutun.

Schon wieder spürte ich, wie sich meine Augen mit Tränen füllten. Ich wischte sie verärgert weg. Ein Mädchen kam zögerlich und zugleich auf Thomas schielend auf uns zu und fragte leise, ob wir okay wären.

Na toll, hatte sie das nicht eben machen können, als wir mit Thomas gestritten haben? Da hätten wir Hilfe gebrauchen können! Aber das sagte ich nicht, ich konnte verstehen, dass sie Angst hatte. Mit dem Typen war echt nicht zu spaßen, und wenn er mit seinem Vater sprach, hatte der einen mindestens das gesamte nächste Jahr auf dem Kieker! Also war es ihr schon hoch anzurechnen, dass sie überhaupt fragte.

Ich zwang mich zu einem Lächeln, das wahrscheinlich nicht wirklich echt aussah. Zusammen mit einem knappen „Ja, geht schon“ ließ ich es darauf beruhen.

Es war auch gar keine Zeit mehr, weiter zu fragen, denn inzwischen war der Bus gekommen.

In der Schule angekommen begleitete ich, etwas hinkend, zuerst Mona und dann Marina zu ihrem Klassenraum und dann machte ich mich selbst auf den Weg zu meinem. Zum Glück ist unsere Schule so aufgebaut, dass eben auch Blinde und Taube unterrichtet werden können. Es gibt Klassen für blinde und taube Schüler und Klassen für die, die ganz normalen Unterricht brauchen.

Bevor ich in meinen Klassenraum eintrat, schloss ich kurz die Augen, atmete dreimal tief ein und aus, öffnete die Augen wieder und straffte die Schultern. Denn, was ich vorhin in alldem Kuddelmuddel nicht erzählt habe, ist, dass Thomas ausgerechnet in meine Klasse geht.

Als ich dann schließlich eintrat, erwartete mich auch gleich wieder dieses so bekannte Grinsen. Thomas saß ganz vorne in der ersten Reihe. Wie ich es hasste! In der Schule spielte er immer den braven Schüler!

Meine Kiefermuskeln spannten sich an. Zum Glück bemerkte meine Freundin Sue meine Anspannung und mein von Blut inzwischen verkrustetes Knie. Sie stand auf, kam zu mir nach vorne, stützte mich ein wenig und geleitete mich zu meinem Platz, ohne auch nur eine Frage zu stellen, wofür ich ihr in diesem Moment sehr dankbar war.

Ich ließ mich auf meinen Stuhl sinken, als auch schon unser Mathelehrer hereinkam. Als er sich vorne hinstellte, standen alle mit leisem Stöhnen auf, um ihn zu begrüßen. „Gu-ten mor-gen Herr Me-yer“, sagte die Klasse gedehnt, es klang zwar noch etwas verschlafen, aber immerhin sprachen wir im Chor.

„Setzt euch. Wir ihr vielleicht wisst, bin ich nicht nur Mathematik- sondern auch Englischlehrer, daher möchte ich, bevor ich mit dem Unterricht beginne, auf ein Angebot der Schule aufmerksam machen: Es gibt die Möglichkeit eines Auslandsjahres in Amerika. Dort könnt ihr als Aupair arbeiten und damit auch etwas Geld verdienen. Ich möchte euch dies sehr ans Herz legen, denn es ist eine unglaublich gute Erfahrung, für euer Englisch sehr förderlich, und für spätere Bewerbungen ist ein solches Auslandsjahr auch sehr gut. Ich werde die Zettel im Laufe der Stunde austeilen, und dann könnt ihr ja mal darüber nachdenken und mit euren Eltern sprechen."

Diese Worte unseres Lehrers hörte ich in diesem Moment zwar, aber den Inhalt verstand ich erst viel später.

Ich war gedanklich immer noch bei dem, was heute Morgen passiert war. Und auch in den folgenden neunzig Minuten Unterricht konnte ich mich nicht wirklich auf Zahlen mit natürlichen und rationalen Exponenten konzentrieren. Mein Knie pochte und vor meinem inneren Auge lief immer und immer wieder die Szene von heute Morgen ab.

Ab und zu warf ich einen verstohlen Blick auf die Uhr an der Wand.

Die Stunde zog sich wie eine Ewigkeit hin. Wenn ich das Gefühl hatte, eine halbe Stunde sei vergangen, waren es gerade einmal fünf Minuten.

Am Ende der Stunde hatte ich, soweit ich mich erinnern kann, nicht eine einzige Aufgabe aufgeschrieben, geschweige denn ausgerechnet.

Als es dann endlich klingelte, packte ich meine Sachen und wollte schon aus dem Raum verschwinden, doch da sprach mich mein Mathelehrer noch einmal an: „Melinda, wäre das mit dem Auslandsjahr nicht was für dich? Du könntest deinen Horizont etwas erweitern?"

Ich war kurz verwirrt, das hatte ich schon wieder ausgeblendet, für mich kam es ohnehin nicht infrage.

„Das geht nicht, ich hab hier meine Aufgaben zu erledigen und außerdem brauchen meine Schwestern mich!" Die Antwort kam etwas patziger als beabsichtigt, aber um meine Wortwahl und meinen Ton konnte ich mich heute nicht auch noch kümmern. Also verließ ich den Raum, ohne weiter darauf einzugehen.

Nach der Pause hatten wir Biologie, eigentlich mein Lieblingsfach, aber heute war es auch nur ein ellenlanger Monolog unseres Lehrers, bis etwa zur Hälfte der Stunde. Dann klopfte es an der Tür. Es war die Sekretärin. Sie sagte nur ein Wort: „Melinda?“

Der Ton sagte mir, dass irgendetwas nicht stimmte. So sprach sie immer, wenn irgendwas ganz und gar schief gelaufen war. Mit einem Kopfnicken bedeutete sie mir, ihr zu folgen. Aus der Klasse kamen einige Rufe: „Oh Melinda! Was hast du denn jetzt angestellt?“ Sue, meine Freundin, schaute mich besorgt an.

Langsam stand ich auf. Erst als ich der Sekretärin durch das Schulgebäude in Richtung Verwaltungstrakt folgte, verknüpfte mein Gehirn den Zusammenhang: Thomas - Sohn des Direktors - das was heute Morgen passiert war - Scheiße!

Mein Knie begann wieder heftiger zu pochen.

Wir waren vor dem Büro des Direktors angekommen. Auf den Stühlen davor saßen schon Marina und Mona.

Mit den knappen Worten: „Setz dich! Herr Lipke wird euch gleich hinein bitten“, ließ uns die Sekretärin allein.

Wir warteten mindestens eine halbe Stunde. Immer wieder schaute ich unruhig auf die Uhr und versuchte nicht durchzudrehen, obwohl ich wusste, dass genau das das Ziel unseres Direktors war. Uns erst mal schön auf die Folter spannen, bevor er uns dann fertig machte...

Nach weiteren zehn Minuten, die sich aber eher anfühlten wie zehn Stunden, kam er dann endlich aus seinem Büro. Er hatte ohnehin schon dieses gewisse unangenehme Etwas an sich, was einen immer etwas erschaudern ließ, wenn man an ihm vorbei ging. Aber als er nun vor uns stand, rutschte mir fast das Herz in die Hose, denn sein Gesichtsausdruck verhieß nichts Gutes.

Auf seinen Wink hin standen wir auf. Ich musste Marina nicht einmal anticken, sie hatte schon gehört, wie die Tür aufgegangen war.

Wir setzten uns zögerlich und Herr Lipke begann sofort zu sprechen: „Übersetzt du bitte für Mona? Ihr habt meinen Sohn also beleidigt und als dumm bezeichnet." Das war keine Frage sondern eine Feststellung, in der kein bisschen Zweifel lag. „Er kam heute völlig aufgelöst vor Unterrichtsbeginn zu mir und hat mir erzählt, dass ihr ihn total fertig gemacht habt."

Damit hatten sich meine schlimmsten Befürchtungen bewahrheitet. Thomas hatte die ganze Geschichte umgedreht, und nun waren wir Schuld und ist ja klar, dass Herr Lipke ihm sofort geglaubt hat. Sein kleiner „Engel" hat sicher nichts gemacht. An ihm kann es nicht liegen. Nur die anderen sind schuld.

Meine Kiefermuskeln spannten sich an. Ich hob meine Hände, um für Mona zu übersetzen.

Ich sah in ihren Augen, dass sie genauso wütend war wie ich, aber wir wussten alle drei, dass es keinen Zweck hatte, zu erklären, was wirklich passiert war. Wir würden es nur noch schlimmer machen. Also starrten wir auf den Boden und bemühten uns, diesem schleimigen Typen nicht all unsere Wut an den Kopf zuwerfen.

„Wollt ihr dazu irgendetwas sagen?"

Alle Fasern in meinem Körper sträubten sich dagegen, aber ich schüttelte langsam den Kopf. Meine Schwestern taten dasselbe, doch auch ihnen sah ich an, was sie dabei wirklich fühlten. Da war Wut und ein bisschen Verzweiflung darüber, dass wir einfach nichts gegen diesen, Tschuldigung, Scheißkerl tun konnten!

„Okay “, er stand auf, „dann erwarte ich, dass ihr euch bis morgen früh bei Thomas entschuldigt habt, und wenn so etwas noch mal vor kommt, dann könnt ihr euch auf was gefasst machen!“ Er nahm einen Briefumschlag von seinem Schreibtisch und knallte ihn vor mich hin. „Das ist führ euern Vater. Unterschreiben lassen, Montag mitbringen! Und jetzt ab, zurück in den Unterricht!“ Er zeigte auf die Tür.

Der Rest des Tages verlief genau so zäh, wie er begonnen hatte. Geschichte, Mittagessen, Französisch und Physik.

Ich war überglücklich, als zum letzten Mal für diesen Tag die Schulglocke läutete.

Der Weg nach Hause verlief zum Glück reibungslos, doch dort erwartete uns schon die nächste böse Überraschung.

Wir kamen rein, zogen die Schuhe aus und gingen in die Küche, und dort saß mein Vater. Um diese Zeit war er sonst nie zu Hause. Meistens kam er erst zwischen acht und neun Uhr von der Arbeit. Er hatte den Kopf in die Hände gestützt. Als wir in die Küche traten, schaute er auf. Er sah aus, als hätte er geweint.

Mona und ich waren total erschrocken über seinen Anblick, Marina konnte ja nicht sehen was los war, aber sie schien zu merken, dass etwas nicht stimmte. Und die Anwesenheit unseres Vaters hatte sie ohnehin schon längst bemerkt.

Ich ließ meine Tasche fallen.

„Dad, was ist passiert?“

Er versuchte, sich wieder etwas unter Kontrolle zu bringen.

„Setzt euch erst mal.“

Wir setzten uns um den großen, runden Küchentisch. Und dann begann Papa zu erzählen. (Nur damit ihr es nochmal versteht: Papa sprach gleichzeitig in Gebärdensprache. So machten wir es immer.)

„Also... bei uns in der Firma..... also wisst ihr, manchmal

ist das ja so, dass aus verschiedensten Gründen einige Mitt-arbeiter entlassen werden..."

Wie jetzt, will er uns sagen, dass er seinen Job verloren hat? ...Nein, das kann ich mir nicht vorstellen! Er hat doch immer so viel gearbeitet und sich in alles hinein gekniet!

„Wir haben einen neuen Chef, und der ist der festen Überzeugung, dass die Firma nicht mehr alle bezahlen kann. Einen präzisen Grund gab es nicht. Jedenfalls hat er einfach mal so hundert Mitarbeiter entlassen...... und ", er schluckte, „darunter auch mich..."

Ihm kullerte eine Träne über die Wange. Keiner von uns konnte irgendetwas sagen. Wir waren fassungslos, wie sollte es denn jetzt weiter gehen?

Neben dieser Fassungslosigkeit baute sich aber auch eine gewisse Wut in meinem Bauch auf. Warum eigentlich immer wir? Unsere Mutter ist tot, Mona ist taub, Marina blind, heute das mit Thomas und jetzt hatte Papa auch noch seinen Job verloren!

Mona begann nun wild mit den Händen Zeichen zu formen: „Was fällt denen ein, das können die doch nicht einfach machen, kann man sich da nicht irgendwo beschweren?"

„Nein Süße, leider nicht. Ich werde mir wohl oder übel etwas Neues suchen müssen." Wieder lief ihm eine Träne über die Wange. „Entschuldigt Kinder, das ist gerade ein bisschen viel für mich. Aber macht euch mal nicht zu viele Sorgen, ich bekomme das schon hin! Ach ja. Heute Vormittag hat auch noch eurer Direktor angerufen" , wechselte er das Thema. „Da war irgendwas mit seinem Sohn und euch. Also, ich würde ja schon ganz gerne mal wissen, was da los war."

Wir stöhnten auf, schilderten dann aber kurz, was passiert war. Wie ich erwartet hatte, war Papas Reaktion so, wie sie wohl bei jedem Vater gewesen wäre, Er wollte sofort anrufen, alles richtig stellen und dafür sorgen, dass wir wieder eine weiße Weste bei Herrn Lipke hatten. Mit Mühe konnten wir ihn davon überzeugen, dass der ohnehin nicht mehr zu erreichen war!

„Na gut, dann lasst uns doch erst einmal zu Abend essen. Und dann will ich nochmal was mit dir besprechen, Melinda, nicht Schlimmes!“, fügte er hinzu, als ich ihn verwirrt anschaute.

Nachdem wir gegessen hatten, zogen sich Mona und Marina in unser Zimmer zurück, um noch Hausaufgaben zu machen und für die nächste Klausuren zu lernen. Ich half Papa beim Aufräumen und fragte ihn dann, was er noch mit mir besprechen wollte.

„Mich hat heute Vormittag auch noch Herr Meyer angerufen. Ich muss sagen, erst war ich etwas erschrocken, als ich heute schon zum zweiten Mal einen deiner Lehrer am Telefon hatte. Aber es stellte sich heraus, dass er sich nicht beschweren wollte, das hätte mich aber auch gewundert!“

„Papa komm zum Punkt. Geht es um das Auslandsjahr in Amerika?“

„Ja genau, er sagte, du wärst ziemlich ablehnend gewesen, aber er bat mich, dir das vielleicht nochmal ans Herz zu legen. Er glaubt, das wäre eine gute Erfahrung für dich. Und ich glaube das auch. Ich habe lange mit ihm gesprochen…“

Ich fiel ihm ins Wort: „Kann ja sein, dass ihr das alle für eine ganz tolle Idee haltet, aber erstens brauchen Mona und Marina mich und zweitens kann ich, glaub ich, gar nicht ohne sie. Wir sind einfach so eng, ein ganzes Jahr ohne sie, das halte ich nicht aus!

„Jetzt hör doch erst mal zu! Klar ist das nicht einfach für dich, und du würdest uns sicher vermissen, und klar wäre das auch für Marina und Mona nicht einfach, aber du musst auch mal an dein Leben denken, Maus. Du musst auch mal weiter schauen, als von hier bis zur Schule und zurück! Das ist eine....“

„Aber das geht nicht! Ich kann nicht einfach weg! Und außerdem, wie sollen wir das denn jetzt bezahlen? Wir müssen doch erst mal sparen, bis du einen neuen Job hat!“, sagte ich, froh darüber, dass mir noch ein weiteres Gegenargument eingefallen war. Doch auch das machte Papa gleich wieder zunichte.

„Das hab ich Herrn Meyer auch gesagt, aber er meinte, dass wäre kein Problem. Man könne den Schulverein bei so etwas ansprechen!“

So langsam wurde ich sauer: „Papa, ich hab doch gesagt, ich will das nicht! Und außerdem, was ist denn mit Marina und Mona, wenn du wieder arbeitest?“

„Ich habe überlegt, dass ich mir einen Job suchen werde, bei dem ich von zuhause arbeiten kann. Und überleg doch mal, Häschen.....“

„Hast du das schon entschieden, oder was... ich...“ Meine Augen füllten sich mit Tränen. Eigentlich wollte ich Papa nicht anschreien, aber das war jetzt der berüchtigte Tropfen, der das Fass zum Überlaufen brachte! Ich konnte einfach nicht mehr!

Ich drehte mich um, rannte aus der Küche, durch die Haustür nach draußen. Die kalte Abendluft schlug mir entgegen, aber das war mir egal.

Ich begann zu rennen, ich wusste nicht wohin, ich wollte nur weg! Die Welt um mich herum nahm ich nur verschwommen wahr. Ich konnte vor lauter Tränen nichts mehr sehen. Sie liefen über meine Wangen, meinen Hals hinunter. Ich rannte, spürte den Wind auf meinem Gesicht. Ich wusste noch nicht einmal genau, was mit mir los war oder was der Grund für diese unglaubliche Traurigkeit und Wut war. Tausend Gedanken wirbelten durch meinen Kopf: „Hab ich etwas falsch gemacht? Oder hab ich mich nicht genug um Marina und Mona gekümmert? Oder was war sonst der Grund, warum Papa jetzt wollte, dass ich nach Amerika ging? Solche Angebote gab es doch schon oft genug von unserer Schule, und nie war das für uns ein Thema gewesen. Und wie sollen die beiden denn überhaupt ohne mich klar kommen? Was wenn Thomas sie wieder einmal auf die Straße schupsen würde, und ich wäre nicht da? Und ich war doch noch nie mehr als ein paar Stunden von ihnen getrennt! Wieso soll ich jetzt ein ganzes Jahr weg?“

Von da machten meine Gedanken einen Sprung. Ich dachte an Mum, ich sah sie vor mir, wie wir zusammen auf dem Spielplatz waren. Ich saß auf einer Schaukel, und sie stieß mich immer wieder von hinten an, sodass ich immer höher und höher schaukelte.

Auch wenn es schon so lange her war und manche Erinnerungen verblasst waren, kamen sie immer, wenn ich traurig war, zurück, und dann umso stärker. Das gab mir dann immer noch einen zusätzlichen Stich. So auch jetzt. Noch mehr Tränen kullerten meine Wangen hinunter und mein Magen krampfte sich zusammen, trotzdem lief ich weiter, bis ich irgendwann erschöpft zusammenbrach. Ich ließ mich mitten auf dem Weg auf die Knie sinken. Schluchzend und zitternd versuchte ich, wieder etwas zu Atem zu kommen.

Als ich wieder einigermaßen Luft bekam, umschlang ich die Beine mit meinen Armen, ließ den Kopf zwischen die Knie sinken und weinte leise vor mich hin. Da hörte ich die Stimme meines Vaters nach mir rufen, er suchte mich.

Leise rief ich: „Hier Papa, hier bin ich.“

Er kam auf mich zugelaufen, nahm mich in den Arm und zog mich vorsichtig hoch. Ich lehnte mich an seine Schulter und weinte weiter. Es tat gut, sich halten zu lassen, sich anlehnen zu dürfen.

So standen wir dann auch noch eine ganze Weile einfach nur da.

„Mir ist kalt“, flüsterte ich in sein Ohr

Er zog seine Jacke aus und legte sie mir sanft über die Schultern.

„Lass uns nach Hause gehen. Dann schläfst du erst mal und morgen sieht die Welt schon wieder ganz anders aus. Für die Schule schreibe ich euch morgen eine Entschuldigung, dann macht ihr einen Tag Pause, ok?“

Ich nickte kaum merklich. Und wir gingen langsam wieder in Richtung unseres Hauses.

Als ich am nächsten Morgen aufwachte, sah die Welt wirklich schon anders aus. Ich hörte die Vögel zwitschern, und die Sonne schien durch die Gardinen in unser Zimmer. Und seltsamerweise dachte ich gerade tatsächlich noch einmal über das Auslandsjahr nach.

Jedenfalls fiel mir ein Satz wieder ein, den Papa gesagt hatte: „Du musst auch mal an dein Leben denken, Maus. Weiter schauen als von hier bis zur Schule und zurück.“ Langsam aber sicher wurde mir bewusst, dass er vielleicht Recht hatte, auch wenn ich es noch nicht so ganz wahrhaben wollte.

So kam es denn auch, dass ich drei Monate später mit meinem Vater, Mona und Marina zusammen am Flughafen stand.

Die beiden waren auch dafür gewesen, dass ich fliege, sie waren derselben Ansicht wie unser Vater. Dennoch mussten wir irgendwie einen Weg finden, wie sie ihren Alltag auch ohne mich wuppen konnten. Also haben wir uns zusammengesetzt und geplant:

Erst einmal brauchte Papa einen neuen Job. Es war gar nicht so einfach, etwas zu finden, bei dem er überwiegend von zuhause arbeiten konnte. Doch schließlich fanden wir eine

Werbeagentur, bei der er nun hauptsächlich für Internetseiten, Logos und so etwas zuständig ist. Dort muss er nur hin und wieder zu Besprechungen mit Kollegen und Kunden, und arbeitet ansonsten von zuhause aus.

So kann er Mona und Marina zur Schule fahren und wieder abholen, so dass sie zumindest dabei Thomas aus dem Weg gehen können. Wegen dieser Sache hatte sich Papa auch nicht davon abbringen lassen, mit Herrn Lipke zu telefonieren.

Dieser hatte, wie erwartet, ziemlich ungehalten reagiert. Aber Papa hat dann noch mit den Eltern unserer Freunde gesprochen, die auch schon solche Situationen mit Thomas erlebt hatten. Sie sind noch einmal zusammen auf Herrn Lipke zugegangen, und die Berichte von mehreren Eltern konnte er dann wohl doch nicht mehr komplett ignorieren. Jedenfalls gab es ab da keine großen Vorfälle mehr. Also hin und wieder kleinere Sticheleien, die von Thomas ausgingen, aber es war nicht mehr so schlimm wie vorher.

Wir hatten auch noch einmal zusammen mit den Lehren von Marina und Mona gesprochen. Sie waren der Ansicht, dass es gut wäre, wenn die beiden lernten, ihren Alltag ohne mich zu bewältigen, auch wenn es zu Beginn sicher nicht leicht sein würde. Und wenn noch Hilfe notwendig war, dann ließe sich die auch organisieren.

Aber dennoch, am Flughafen zu stehen, war schon ganz schön hart für mich. Ich war noch nie ohne meine Schwestern verreist, und jetzt sollte ich gleich für ein ganzes Jahr weg!

Ich hörte den letzten Aufruf für meinen Flug. Ich umarmte meinen Vater und meine Schwestern ein letztes Mal, ein letzter Kuss, und dann machte ich mich auf in Richtung Sicherheitsschleuse. Ich drehte mich noch einmal um und winkte, mit Tränen in den Augen, bevor sich die Schiebetür schloss.

Tausend Gedanken wirbelten in meinem Kopf herum. Da war der Zweifel, würden meine Schwestern wirklich ohne mich klar kommen, aber mehr noch, wie sollte ich ohne sie klarkommen....

Ich vermisse sie jetzt schon, dachte ich und fühlte mich alleine und einsam, irgendwie wie nackt.

Ich schüttelte den Kopf, um die Ängste und die Sorgen zu vertreiben und suchte das, was ganz tief doch schon in mir war: Das Wissen, dass es die richtige Entscheidung war. Und ich stellte fest, dass da auch die Vorfreude auf das Neue war, auf das was jetzt kam. Darauf konzentrierte ich mich nun.

Danksagung

Danke!

Eine Schreibwerkstatt mit Jugendlichen braucht viele teils unsichtbare Helfer und Unterstützer, um realisiert zu werden. An dieser Stelle soll all jenen gedankt werden, die am Zustandekommen der Werkstatt und dieses Buches beteiligt waren.

Ein ganz besonderer Dank geht an:

Die Stadtbücherei Buchholz, die sich als perfektes Zuhause für Fantastische Teens in Buchholz erwiesen hat

Annette Pauw, die Gründerin der Schreibinitiative Fantastische Teens

Petra Hopfner für die organisatorische Vorbereitung und Begleitung des Projektes

Lehrer und sozialpädagogische Betreuer in Buchholz für die Teilnehmerwerbung und ideelle Unterstützung

Und natürlich die **Mitglieder des RC Buchholz**, die sich für die Förderung dieses Projektes entschieden haben!